Grafische Gestaltung: Sia Fairysky
Herstellung und Verlag: BoD - Books on Demand, Norderstedt
November 2016 @ Evelin Monschein
ISBN-13: 9783743116481

Evelin Monschein

Tannenduft und Kerzenschein

INHALT

DIE CHRISTBAUMKUGEL 7

SANDRO 17

FRIEDEN IM HERZEN 32

TOROSA 53

ZAHRA 77

CAMILLO 91

Die Christbaumkugel

Laurenzo lehnte seine Stirn an die Fensterscheibe und starrte in das Schneetreiben. Wann in den letzten Jahren hatte es jemals so geschneit? Der Garten lag bereits unter einer dicken Schneedecke und der Weg jenseits des Gartenzauns war kaum noch zu erkennen. Es dämmerte bereits, eigentlich hätten Alica und die Kinder schon zurück sein müssen. Die pure Unvernunft, heute mit dem Auto zu fahren. Sie hatten jedoch nur geheimnisvoll gelächelt und irgendetwas von Weihnachtsgeschenken gemurmelt, als er sie gefragt hatte, ob sie tatsächlich bei diesem Wetter in die Stadt wollten. Laurenzo seufzte und wandte sich vom Fenster ab. Er hatte seine Weihnachtsgeschenke natürlich längst besorgt.

Weihnachten! Morgen war der Heilige Abend. Kaum zu glauben, dass schon wieder ein Jahr vergangen war. Die Zeit verging so schnell. Die Kinder waren fast zwölf Jahre alt, gar nicht davon zu reden, wie lange er mit Alica nun bereits verheiratet war. Vierzehn Jahre?

Oder waren es gar schon fünfzehn? Nachdenklich ging er in den Abstellraum, um die Schachtel mit dem Schmuck für den Weihnachtsbaum zu holen. Natürlich stand sie im obersten Regal. Nun, Laurenzo war groß, und eine kleine Trittleiter stand auch da. Diese Aufgabe schien also lösbar. Schwieriger wurde es schon, wenn er den Weihnachtsbaum und den altgedienten, etwas antiquarisch aussehenden Christbaumständer davon überzeugen musste, bis zum Heiligen-Drei-Königs-Tag fest zusammenzuhalten.

Seufzend stieg er in den Keller und machte sich an die Arbeit. Kaum eine Stunde später hatte er es geschafft. Der Baum stand. Und das auch noch aufrecht wie ein Zinnsoldat. „Ziel erreicht", murmelte er zufrieden und schleppte den Baum mitsamt Gestell ins Wohnzimmer. Vor dem Kamin schien ihm der richtige Platz zu sein, und dort stellte er ihn ab. Die Schachtel mit dem Schmuck stand ungeöffnet auf dem Wohnzimmertisch. Laurenzo ließ sich aufs Sofa fallen und zog die Schachtel zu sich heran. Vorsichtig nahm er den Deckel ab. Welch eine Pracht und Herrlichkeit lag da vor seinen Augen! Glänzende Kugeln, Silbergirlanden und glitzernde Sterne, Engel und Rentiere. Seit er ein Kind war, versetzte ihn dieser Anblick in freudige Erregung.

Er blickte auf die Uhr. Wo Alica und die Kinder nur blieben? Nun, Alica war eine gute und sichere Autofahrerin. Bei diesem Wetter würde sie langsam fahren müssen. Er brauchte sich keine Sorgen zu machen. Er würde die Zeit nützen, um den Weihnachtsbaum zu schmücken.

Sorgfältig begann er, eine Kugel nach der anderen auf den Baum zu hängen. Bis nur mehr eine einzige Kugel in der Schachtel lag. Diese eine ganz besondere Kugel. Bezüglich Schönheit konnte sie sich mit den anderen nicht messen. „Willst du diese Kugel nicht endlich wegwerfen?" hörte er Alica in seinen Kopf fragen. „Papa, diese Kugel passt doch gar nicht zu den anderen", hörte er die Kinder. Nein, diese Kugel würde er nicht wegwerfen. Fast zärtlich nahm er sie aus der Schachtel und betrachtete sie nachdenklich. In der Tat, sie passte wirklich nicht zu den anderen. Sie war im Laufe der Jahre matt und glanzlos geworden. Außerdem hatte sie einen braunen Brandfleck, da sei einmal zu nahe an einer brennenden Kerze gegangen hatte.

Und leider war sie auch das, was Alica und die Kinder als „fürchterlich kitschig" bezeichneten. Silbern mit grünen Streifen. Auch Laurenzo fand sie nicht schön. Jedoch zierte diese Kugel seit seiner Kindheit jeden Weihnachtsbaum, an den er sich erinnern konnte. Nichts und niemand würden ihn dazu bringen, sie wegzuwerfen.

Bilder tauchten vor seinem inneren Auge auf. Ein riesengroßer Weihnachtsbaum. So prächtig, wie er nie einen gesehen hatte. Die brennenden Kerzen. Zwei kleine Jungen mit großen, leuchtenden Augen – er und sein jüngerer Bruder. Sein Vater, der auf dem Klavier „Stille Nacht" spielte. Seine Mutter mit dem Baby im Arm - seiner kleinen Schwester, deren Geburt sie fast das Leben gekostet hatte. Erst am Vortag hatte sie das Krankenhaus verlassen können. Und dass sie nun hier mit ihnen stand, grenzte an ein Wunder. Er selbst musste damals vier Jahre alt gewesen sein. „Dies ist ein besonderer Tag heute", hörte er seinen Vater murmeln. „Ein ganz besonderer Weihnachtsabend." Und sein Blick ruhte mit großer Zärtlichkeit auf ihnen allen.

Laurenzo sah die Kugel in seiner Hand an. „Erinnerst du dich daran?" flüsterte er.

„Ja, ich erinnere mich." Laurenzo spürte die Antwort der Kugel in seiner Hand, in seinem Bauch, ja in seinem ganzen Körper. „Ich erinnere mich auch an das Weihnachtsfest einige Jahre später. Dein Großvater – der Vater deiner Mutter – war zu Besuch gekommen, und du hast ihn damals zum ersten Mal gesehen. An diesem Tag überwand er endlich den Groll, den er gegen deine Mutter hegte, seit sie deinen Vater – einen mittellosen Künstler , wie er es nannte – geheiratet hatte. „Ein besonderer Tag", sagte deine Mutter mit Tränen in den Augen. „Ein ganz besonderes Weihnachtsfest." Ihr größter Wunsch – Frieden zu schließen mit ihrem Vater - war in Erfüllung gegangen.

Laurenzo schwieg lange und dachte an seinen Großvater, den er in den folgenden Jahren als einen ganz besonderen Menschen erlebt hatte und der ein unverzichtbarer Bestandteil seiner Kindheit geworden war. Wie lange war das nun her? Sein Großvater war gestorben, ehe er Alica kennengelernt hatte.

Dann das Weihnachtsfest, als sein Vater sein Engagement verloren hatte und sie kein Geld hatten. „In diesem Jahr wird es keine Weihnachtsgeschenke geben", hatte seine Mutter traurig gesagt. Sein Bruder und seine Schwester zogen unglückliche Gesichter. Aber er war schon groß und verstand das. „Das macht doch nichts", hatte er sich beeilt zu sagen, um die Mutter zu trösten. Es hatte dann doch noch für ein kleines Geschenk für jeden gereicht. Seine Schwester hatte eine kleine Puppe bekommen, sein Bruder ein Spielzeugauto und er selbst warme Socken, die er dringend gebraucht hatte. Er kämpfte tapfer mit den Tränen und versuchte, niemanden merken zu lassen, dass er auch lieber ein Auto gehabt hätte.

„Keiner außer mir hat es gesehen", murmelte die Kugel.

„Und dann, als du für deine Mutter diese schrecklichen Topflappen genäht hast und dafür ihr bestes Handtuch zerschnitten hast. Ihr Gesicht werde ich nie vergessen." Es schien Laurenzo, als schüttelte sich die Kugel vor Lachen in seiner Hand. Ja, auch Laurenzo würde das Gesicht seiner Mutter niemals vergessen, diese Mischung aus gespielter Freude über diese furchtbaren Topflappen und das ungläubige Staunen über das zerschnittene Handtuch. Und dazu das laute, dröhnende Lachen seines Vaters.

Irgendwann kam Alica in sein Leben. Er brauchte nur drei Sekunden, um zu wissen, dass sie die Frau war, mit der er sein weiteres Leben verbringen wollte. Sie hatten geheiratet, als sie sich kaum ein Jahr kannten, und es bis jetzt nie bereut. „Mein erstes Weihnachtsfest mit Alica. Erinnerst du dich?" frage er leise. Natürlich erinnerte sich die Kugel. „Unsere erste gemeinsame Wohnung. Eine kleine Dachwohnung mit einem rauchenden und fauchenden Ofen. Wir hatten es gerade noch geschafft, vor Weihnachten die nötigsten Möbel zu beschaffen. Ein besonderer Tag, sagte Alica lächelnd, als wir Hand in Hand vor dem kleinen, windschiefen Weihnachtsbäumchen standen. Unsere ersten gemeinsamen Weihnachten."

Versonnen betrachtete er die Kugel in seiner Hand. „ Und du hingst ganz vorne auf dem Baum."

„Ja, in der Tat", murmelte die Kugel. „Das war ein ‚heißes' Weihnachtsfest. Alica hängte mich zu nahe an eine brennende Kerze. Ich glaube, das tat sie absichtlich. Sie mochte mich nie."

Es war dunkel geworden und im Raum herrschte Stille. Es schien ihm, als zögen alle Weihnachtsabende seines Lebens an ihm vorüber. Die ersten Weihnachten mit den Kindern. Der Heilige Abend mehrere Jahre später, an dem seine beiden Buben einen halb erfrorenen und ausgehungerten Dackelmischling gefunden und mit nach Hause gebracht hatten. Nachdem sie tagelang nach den Besitzern geforscht hatten, aber niemand auf ihn Anspruch erhoben hatte, behielten sie ihn und nannten ihn Bob.

„Und das Weihnachtsfest darauf, an dem Alica mir das Leben gerettet hat", raunte die Kugel.

„Dir das Leben gerettet?"

„Ja, sie weigerte sich eisern, mich auf den Baum zu hängen und versteckte mich ganz tief in der Schachtel unter dem übrig gebliebenen Lametta. Dann warf der verrückte Bob in seiner Begeisterung und seiner Gier nach den Zuckerringen, den ganzen Baum um, und alle Kugeln lagen in Scherben. Du musstest sehen, wo du im letzten Augenblick noch neue auftreiben konntest."

„Ja", Laurenzo lächelte in der Erinnerung, „ich konnte mir einige Kugeln von den Nachbarn borgen. Und du hingst natürlich wie immer ganz vorne auf dem Baum."

Lange saß Laurenzo noch im Dunkeln, die Kugel in seiner Hand.

Endlich hörte das Auto die Auffahrt entlang rollen, das Schlagen der Autotüren und bald darauf Alica und die Kinder ins Haus stürmen. Erleichtert stand er auf und ging ihnen entgegen. Erst jetzt spürte er, dass er sich doch Sorgen gemacht hatte. Sie würden nun zu Abend essen und Alica und die Kinder würden kreuz und quer durcheinander von ihren Erlebnissen berichten. Den Christbaum würde er später fertig schmücken. Und morgen, wenn er gemeinsam mit seiner Familie das Weihnachtsfest feiern würde, würde seine Kugel wie immer am Baum hängen. Ganz vorne.

SANDRO

Es war eisig kalt. Der Wind pfiff durch die schmalen Gassen und trieb Sandro Tränen in die Augen. Er fror erbärmlich. Mit einer raschen Bewegung zog er sich die Kapuze seiner dünnen Jacke über den Kopf und schob dann seine Hände tief in die Jackentaschen. So kalt war es schon lange nicht mehr gewesen. Der Weg von der Bücherei, in der er arbeitete, bis zu dem Haus, in dem er wohnte, war weit. Manchmal fuhr er mit dem Bus, meist lief er jedoch zu Fuß, denn der Bus kostete Geld. Es war ja nicht so, dass er kein Geld gehabt hätte. Aber Zeit hatte er auf alle Fälle mehr. Sein Verdienst in der Bücherei erlaubte ihm gerade mal, am Leben zu bleiben, große Sprünge konnte er damit nicht machen. Busfahren gestattete er sich also nur in Ausnahmefällen. An seinem Geburtstag, bei extremem Schlechtwetter und am Tag vor dem Heiligen Abend. Denn das war gewöhnlich sein letzter Arbeitstag vor Weihnachten. Aber dieser Tag war erst in einer Woche. Also lief er heute. Grundsätzlich liebte er seinen Nachhauseweg. Da konnte er herrlich seinen Gedanken und Träumen nachhängen. Und davon hatte er reichlich. Wenn nur diese Kälte nicht gewesen wäre. Aber wenn er entsprechend rasch ging, würde ihm schon warm werden. So lief er dahin, ohne etwas von seiner Umgebung zu bemerken, und dachte über seine hoffentlich bald bevorstehende Heirat nach. Schließlich würde er im kommenden März 29 Jahre alt werden, da wurde es langsam Zeit, einen Hausstand zu gründen. Er lächelte versonnen vor sich hin, als er an die Frau dachte, die er heiraten wollte. Er sah sie richtiggehend vor sich. In Gedanken strich er mit der Hand zärtlich über ihr weiches Haar. Oh, wie liebte er diesen verträumten Blick, mit dem sie ihn ansah, dieses Leuchten und Strahlen aus ihren großen, grauen Augen. Und ihre zarten, schmalen Hände hätte er stundenlang ansehen können. „Ich wünsche mir, dass wir so bald wie möglich heiraten", sagte er in seinen Gedanken zu ihr. Und voller Vorfreude fügte er hinzu: „Ich möchte gerne bei mir zu Hause heiraten. In dem Dorf, in dem ich geboren bin." Natürlich war sie einverstanden. Sie liebte ihn nämlich über alle Maßen, und ihre größte Freude war es, ihm jeden Wunsch zu von den Augen abzulesen. Er sah sich bereits mit ihr am Arm durch den Mittelgang der Kirche seines Dorfes schreiten, bestaunt und bewundert von den unzähligen Hochzeitsgästen, die die kleine Kirche füllten. Ach, wie sehnte er sich nach diesem Tag. Er seufzte tief. Und dann seufzte er gleich nochmal tief, denn ein harter Schneeball, der ihm auf den Rücken geknallt war, hatte ihn abrupt in die Wirklichkeit zurückgeholt. In seine einsame Wirklichkeit, in der es diese Frau überhaupt nicht gab. Und falls es sie doch gab, kannte er sie nicht. Und vermutlich würde er sie auch nie kennenlernen, denn er kam bei Frauen nicht besonders gut an. Und bei solchen schon gar nicht. Dabei sah er nicht schlecht aus. Er war groß und schlank, fast ein wenig zu dünn, sein dunkles Haar war dicht und kurz geschnitten. Und sein Lächeln war warm und herzlich. Aber er war schüchtern und zurückhaltend, und ganz besonders in der Nähe von Frauen brachte er den Mund sowieso nicht auf. So kam es, dass Frauen in seinem Leben überhaupt nicht stattfanden. Früher, als er noch zu Hause lebte, da gab es schon einmal ein Mädchen. Eine Jugendfreundschaft. Aber das war lange her…Weihnachten würde er wohl wie jedes Jahr alleine verbringen

Sandro zog den Kopf ein und beschleunigte seine Schritte, ohne sich nach den Kindern, die den Schneeball geworfen hatten und nun kichernd davonrannten, umzusehen. Er wollte nichts weiter als nach Hause.

Am nächsten Morgen erwachte er früh. Es war Samstag und er musste nicht zur Arbeit. Lustlos stand er auf und zog die Vorhänge zur Seite. Es hatte in der Nacht zu schneien begonnen, und der schmutzige Hinterhof, der seine Aussicht darstellte, hatte ein richtiggehend feierliches Aussehen erhalten. Und immer noch fielen dicke Flocken vom Himmel. Doch Sandro hatte keinen Blick dafür. Fröstelnd schlurfte er durch seine kalte Wohnung, um im Ofen Feuer zu machen. Allerdings erwies sich dieser Plan als nahezu undurchführbar, da der Ofen beschlossen hatte, zu qualmen und zu fauchen. Sandro zischte ärgerlich ein paar unschöne Worte durch die Zähne und begann, den aufsässigen Ofen mit Papier und Holz zu malträtieren. Letztendlich erkannte der Ofen seine Chancenlosigkeit und begann widerwillig zu brennen, jedoch nicht, ohne Sandro vorher noch eine kräftige Ladung Ruß ins Gesicht gespuckt zu haben.

„Ich muss ihr warme Socken kaufen", dachte Sandro, als er endlich unter der Dusche stand. „Sie darf keine kalten Füße bekommen, nur weil der Ofen hin und wieder verrückt spielt." Er lächelte liebevoll bei dem Gedanken an ihr freudig überraschtes Gesicht, wenn er ihr die Socken überreichte.

„Wumms", machte da der Ofen, und die Flammen fielen in sich zusammen und verloschen.

Und „Wumms" machten Sandros Gedanken und landeten wieder hart auf dem Boden der Wirklichkeit. Er schüttelte den Kopf über sich selber und seine Fantasien.

Sein zweiter Versuch, den Ofen anzuwerfen, scheiterte kläglich. Der Ofen weigerte sich standhaft, zu brennen, und so gab Sandro auf.

Kurz entschlossen schlüpfte er in Jacke und Schuhe, zog sich seine Mütze über die Ohren und verließ das Haus. Es schneite mittlerweile ziemlich stark und man konnte kaum die Hand vor den Augen sehen. Sandro lief los, ohne zu wissen, wohin. Die Straße, in der er wohnte, war eine wenig belebte Seitengasse, und es waren kaum Menschen zu sehen. Die Schneeflocken fielen immer dichter. Wenn man nach rechts abbog, das wusste Sandro, gelangte man in einen Park, der in ein kleines Wäldchen mündete. Das wäre heute wohl eine Gelegenheit, ein Weihnachtsbäumchen aus dem Wald zu holen. Heute würde ihn garantiert niemand sehen.

Also bog Sandro an der nächsten Kreuzung ab und stapfte durch den menschenleeren Park zum Wäldchen. Von den tiefhängenden Ästen der Büsche und Bäume rieselte ihm Schnee ins Genick. Durch das dichte Schneegestöber sah er schon das Wäldchen. Plötzlich stutzte Sandro. Es schien, als läge ein goldener Schimmer über dem Wäldchen. So als ginge von den Spitzen der Bäume ein sanftes Leuchten aus. Sandro blieb stehen und schaute. Sein Blick verfing sich in diesem diffusen, kaum wahrnehmbaren Licht - und ohne es zu bemerken verlor er sich in Zeit und Raum.

„Sandro!" Lisa kam atemlos hinter ihm her gerannt. „Sandro, warum läufst du denn so?" Sie hielt ihn am Ärmel fest und blickte zu ihm auf. Unwillig schüttelte er ihre Hand ab. „Lass mich." Mein Gott, wie lange war das alles her. Er war damals sechzehn Jahre alt gewesen und hatte gerade die Schule beendet. Sein Zeugnis war gut gewesen und seine Lehrstelle in einer Buchhandlung war ihm sicher. Lisa sollte noch einige Jahre zur Schule gehen, denn sie wollte ihr Abitur machen und Tierärztin werden. Sandro wäre auch gerne länger zur Schule gegangen, aber sein Vater war ein Jahr zuvor gestorben und seine Mutter hatte genug damit zu tun, für seine jüngeren Geschwister zu sorgen. Also war es für Sandro selbstverständlich, die Schule zu verlassen und sich eine Arbeit zu suchen.

Lisa blickte ihn verstört an. „Was ist denn los, Sandro?" „Ach nichts. Lass mich doch." Sandro war zum Heulen zumute. Er mochte Lisa furchtbar gern. Sie gehörte seit vielen Jahren zu seinem Leben. Sie hatten als Kinder zusammen gespielt. Sie waren zusammen zur Schule gegangen. Er hatte ihr das Mofafahren beigebracht und sie hatte so manche Mathematikaufgabe für ihn erledigt. Sie war zu ihm gekommen, wenn sie Stress mit ihrer Mutter hatte, und einzig und allein ihre Nähe hatte er ertragen, als sein Vater gestorben war. Nun würde er in die sechzig Kilometer weit entfernte Stadt gehen, um seine Lehre anzutreten – und Lisa würde hierbleiben, um weiter zur Schule zu gehen. Irgendwie passte das alles nicht. Lisa nahm seine Hand. „Sandro", sagte sie und sah ihn unsicher an, „wir bleiben doch Freunde?" Sandro sah nachdenklich auf sie herunter. Sie war ihm so vertraut. So unendlich vertraut. „Ich schreib dir", sagte er heiser, „und ich ruf dich an." Er lächelte. „Und wenn ich ausgelernt bin, komme ich zurück und heirate dich." Er versuchte, es wie einen Scherz klingen zu lassen. Lisa lachte.

Zwei Wochen später saß er im Zug, um sein neues Leben in Angriff zu nehmen. Er gewöhnte sich schnell ein in der Stadt, und seine Arbeit gefiel ihm. Anfangs hatte er ihr noch manchmal geschrieben. Auch telefoniert hatten sie das ein oder andere Mal. Doch die Briefe und Anrufe wurden seltener. Irgendwann riss der Kontakt völlig ab. Er erinnerte sich noch gut an Lisas letzten Brief...

Sandros halbgefrorene Füße machten sich schmerzhaft bemerkbar und seine Gedanken kehrten aus der Vergangenheit zurück. Warum nur war ihm so plötzlich Lisa eingefallen? Er hatte lange nicht mehr an sie gedacht. Sicherlich hatte sie inzwischen ihr Studium beendet und arbeitete irgendwo als Tierärztin. Verheiratet war sie vermutlich auch. Mit Robert! Zwei oder drei Kinder würde sie wohl auch haben. Ihn hatte sie bestimmt längst vergessen. Er seufzte. Warum hatte er ihr eigentlich nicht mehr geschrieben? Warum war er nicht nach Hause zurückgekehrt, wie er es ihr versprochen hatte? Nun, egal. Das war alles so lange her.

Sandro sah angestrengt zum Wäldchen. Das Leuchten über den Wipfeln war weg, und er war nicht sicher, ob er es sich nicht nur eingebildet hatte. Er schüttelte den Kopf und machte sich auf den Rückweg. Ein Bäumchen würde er heute sowieso nicht holen können, weil er ja gar nichts hatte, um es umzuschneiden. Dieses Vorhaben würde er daher wohl verschieben müssen. Also machte er sich auf den Weg in die Stadt. Vielleicht konnte er die eine oder andere Kleinigkeit am Weihnachtsmarkt kaufen.

Der Weihnachtsmarkt versank nahezu im Schnee und es duftete nach Glühwein und Lebkuchen. Die Kerzen am großen Weihnachtsbaumstrahlten mit den Lämpchen an den Verkaufsständen um die Wette. Auf einem überdachten Podium standen drei Männer in dicke Mäntel gehüllt und bliesen auf ihren Posaunen zum Wetter passend ‚Leise rieselt der Schnee'.
Sandro wollte sich eben auf den Weg zum Glühweinstand machen, als sein Blick von einem sonderbaren Phänomen magisch angezogen wurde. Er erstarrte mitten in der Bewegung. Das konnte doch nicht sein! Über dem gesamten Weihnachtsmarkt lag der gleiche goldene Schimmer wie vorhin über den Bäumen. Sandro kniff die Augen zusammen und schaute genauer hin. Ja, es gab keinen Zweifel. Ein eigentümliches helles Leuchten ging von den Dächern der Verkaufshüttchen aus. Und ehe Sandro es verhindern konnte, hatte er sich wieder in der Zeit zurückbewegt.

„Lieber Sandro!" Er saß auf seiner Couch in seiner ungeheizten Wohnung und hielt Lisas Brief in den Händen. Es war wie heute ein kalter Wintertag und Sandro hatte wie so oft den Kampf gegen den Ofen verloren. Er warf einen hasserfüllten Blick in die Ecke,

in der der Sieger schwarz und kalt stand. „Lieber Sandro!" las er, „nun ist es schon lange her, dass ich von dir gehört habe. Geht es dir gut? Warum schreibst du nicht mehr? Ich bin nun mit der Schule fertig und werde mein Studium beginnen. Ein wenig hab ich Angst davor, denn ich war noch nie so weit und so lange von zu Hause weg. Gut, dass auch Robert an der gleichen Universität studieren wird. So bin doch nicht ganz allein….!" Robert!! Wenn er das schon hörte! Robert, der zwar in der Schule gerade so mit Müh und Not unteres Mittelmaß erreichte, aber mit fünfzehn bereits Autofahren konnte und nachts heimlich das Auto seines Vaters ausborgte. Robert, der immer Geld hatte, der immer Freunde hatte, und dem alle Mädchen bewundernd hinterher schauten. Ausgerechnet der! Aber bitte! Wenn sie glaubte, mit Robert glücklich zu werden, dann sollte sie. Er hatte vorgehabt, ihr zu schreiben. Heute noch wollte er ihr schreiben. Oder spätestens morgen. Aber sie brauchte ihn nun ja nicht mehr. Sie hatte ja Robert.

Sandro erwachte aus seiner Trance, als ihn jemand unsanft von hinten anrempelte. „'tschuldigung." Die dicke Frau, die ihn angerempelt hatte, schaute ihn missbilligend an und drängte sich an ihm vorbei.

Sandro steckte seine Hände tief in die Jackentaschen und trat von einem Fuß auf den anderen, um wieder Gefühl in seine gefrorenen Füße zu bekommen. Da plötzlich drehte sich die dicke Frau vor ihm noch einmal um. Er war sicher, dass sie ihren Mund nicht bewegte, und dennoch schien ihm, als spräche sie zu ihm. Er starrte sie verwirrt an. Hatte sie nun etwas gesagt oder nicht? Da hörte er es noch einmal: „Los, worauf wartest du? Ruf sie an. Und kauf die Socken." Nein! Er musste sich getäuscht haben. Sie hatte den Mund ganz sicher nicht bewegt.

Entschlossen setzte er sich in Bewegung und überquerte den freien Platz zwischen den Verkaufsständen, ohne sich noch einmal nach der dicken Frau umzusehen. Doch in seinem Kopf hämmerten pausenlos die Worte: „Ruf sie an. Kauf die Socken. Ruf sie an. Kauf die Socken…..". Wurde er nun verrückt? Er schüttelte unwillig den Kopf. Und plötzlich stand er, ohne zu wissen, wie er da hin gelangt war, vor dem Verkaufsstand mit den Socken. Herrlich bunte, selbstgestrickte Socken hingen einladend auf einem Ständer. „Was darf's sein?" fragte ihn freundlich die Frau hinter dem Ladentisch. „Nichts", murmelte er und wollte sich abwenden. Jedoch die Stimme in seinem Kopf wurde immer lauter: „Ruf sie an. Kauf die Socken....". Und plötzlich hörte er sich sagen: „Ich möchte gern diese blaugestreiften Socken kaufen." Die Frau nahm die Socken vom Ständer und hielt sie ihm hin. „Soll ich sie als Geschenk verpacken?" „Nein, nein, nicht nötig!" Er nahm ihr die Socken aus der Hand, bezahlte und ging rasch davon. „Soll ich sie nicht wenigstens in ein Säckchen stecken?" rief die Verkäuferin hinter ihm her. Aber das hörte er schon nicht mehr. In seinem Kopf rotierte es. Diese Socken. Warum hatte er sie gekauft? Woher kam die Stimme in seinem Kopf? Lisa. Was wohl aus ihr geworden sein mochte? Und zwischendurch die Stimme, die ihn aufforderte: „Ruf sie an....". Unsinn, dachte er, sie würde nicht einmal mehr wissen, wer er war. Außerdem war gar keine Telefonzelle in der Nähe. Suchend glitten seine Augen über den Platz. Ach ja, er hatte sich ja selbst ein verfrühtes Weihnachtsgeschenk gemacht und sich letzte Woche ein Handy gekauft. Zögernd blieb er stehen und zog es aus der Jackentasche. Ob sie wohl noch die gleiche Telefonnummer hatte wie früher? Sollte er sie wirklich anrufen? Unschlüssig starrte er das Handy an. Und dann… wie von allein tippten seine Finger die vertraute Nummer ein. Er hatte sie nie vergessen. Als sie abhob und er ihre Stimme hörte, war das wie ein elektrischer Schlag für ihn. „Lisa", krächzte er mühsam, „Lisa." Schweigen. Dann, nach unendlich langer Zeit: „Sandro, bist du das?" Und gleich darauf freudig jubelnd: „Sandro!" Zeit und Raum waren vergessen. Es schien, als hätte es die Jahre, die seit damals vergangen waren, nicht gegeben. Er spürte seine kalten Füße nicht mehr, und nicht den Schnee, der auf seiner Haut schmolz und in Bächen über sein Gesicht lief. Er hörte auch nicht das Posaunentrio, das mittlerweile etwas schleppend ‚Lasst uns froh und munter sein' über den Weihnachtsmarkt blies. Er hörte nur Lisas Stimme.

Er stand noch da, bewegungslos, mit seinem Handy in der Hand, als das Gespräch schon längst beendet war. Konnte es wahr sein? Hatte sie ihn wirklich für den ersten Weihnachtsfeiertag zum Essen eingeladen? Es fühlte sich an wie ein Traum. Er konnte es noch gar nicht fassen. Und plötzlich stieg wie ein Feuerwerk die

Freude in ihm hoch. Er würde Lisa wieder sehen. Lisa, die Robert nicht geheiratet hatte. IHN wollte sie wiedersehen. IHN hatte sie zum Essen eingeladen. Er löste sich aus seiner Erstarrung und stieß einen Jubelschrei aus, was ihm einige erstaunte Blicke eintrug. Beschwingt machte er sich auf den Heimweg. Doch dann fiel ihm noch etwas ein. Er wandte sich um und ging zum Sockenstand zurück. Die Verkäuferin blickte ihn fragend an. „Haben Sie etwas vergessen?" Strahlend lächelnd hielt er ihr die Socken über den Verkaufstisch hin. „Würden Sie mir das bitte doch als Geschenk einpacken?"

FRIEDEN IM HERZEN

Franziska Freudensprung stand an ihrem Küchenfenster und blickte versonnen in den Garten. Es war noch früh am Abend – eigentlich noch Nachmittag – dennoch begann es bereits zu dunkeln. „In vier Tagen ist Weihnachten", murmelte sie vor sich hin. Wieder mal Weihnachten. Zum fünften Mal feierte sie Weihnachten nun allein mit ihrem Papagei Fred. Zum fünften Mal ohne ihren Mann Gottlieb. Und noch immer wusste sie nicht, wohin Gottlieb verschwunden war, als er vor fünf Jahren an einem nebligen Novemberabend nur kurz um die Ecke gehen wollte, um die Zeitung zu kaufen.

Vor einer halben Stunde hatte es zu schneien begonnen und ihr Garten war bereits mit einer dünnen, weißen Decke überzogen. Franziska seufzte. Manchmal legte sich die Einsamkeit so völlig über sie, wie die Schneedecke über ihren Garten und nahm ihr förmlich die Luft zum Atmen. Sie hatte keine Freunde und auch keine Familie. Abgesehen von ihrem Bruder Kuno.

Aber den konnte sie leider nicht ausstehen. Sie sprachen seit Jahren nicht mehr miteinander.

Doch in letzter Zeit musste sie öfter an ihn denken. Stundenlang saß sie in ihrem Schaukelstuhl, schaukelte vor sich hin, und dachte über die Vergangenheit nach. Sie war bereits zwölf Jahre alt gewesen, als Kuno geboren worden war. Sie hatte dieses Baby über alles geliebt. Sie hatte es gehegt und gepflegt, und als der kleine Bruder gelernt hatte, zu laufen, hatte sie ihn ständig mit sich herumgeschleppt und allen ihren Schulkameradinnen präsentiert. Sie war so unglaublich stolz auf diesen kleinen, blonden Jungen gewesen, der alle mit seinem Charme bezaubert hatte. Doch dann war Kuno an Kinderlähmung erkrankt. Und plötzlich war es, als gäbe es Franziska nicht mehr. Alle Aufmerksamkeit hatte sich dem kleinen Bruder zugewandt. Lange Zeit hatte er im Krankenhaus um sein Leben gekämpft. Und jahrelang hatte seine schwere Erkrankung ihm die nahezu ungeteilte Zuwendung der Eltern gesichert und Franziska in den Schatten gedrängt. Was für sie geblieben war, war die Mutter gewesen, die zehnmal am Tag rief: „Franziska, kannst du mir bitte helfen?" und dafür einmal wöchentlich seufzend sagte: „Wenn ich dich nicht hätte...!" Und dann ihr Vater, der ihr öfter über die Schulter oder den Kopf gestrichen und dazu gemurmelt hatte: „Ja, ja, meine Liebe." Und wenn sie es recht bedachte, bekam niemand mehr von ihm. Weder die Mutter noch der Bruder. Wenn er besonders gute Laune hatte, wurde ein schwungvolles Schulterklopfen daraus und dazu sagte er aus tiefster Überzeugung: „Vortrefflich, vortrefflich!", wobei keiner genau wusste, was er damit meinte. Dennoch sah sie sich langsam und unaufhaltsam hinter der Pflegebedürftigkeit des kleinen Bruders verschwinden. Franziska war eifersüchtig.

Kuno wurde wieder gesund. Er lernte auch, wieder zu laufen, jedoch blieb in seinem linken Bein eine Schwäche zurück, die ihm für den Rest seines Lebens einen hinkenden Gang bescherte. In die Familie kehrte wieder Normalität ein. Dennoch blieb Kuno der verwöhnte Liebling, und niemand bemerkte, wie Franziska, die sich so sehr nach der Liebe der Eltern sehnte, auf die sie so lange hatte verzichten müssen, immer mehr und mehr in sich zurückzog.

Als Franziska 22 Jahre alt war, starben die Eltern im Abstand von wenigen Monaten und Franziska war plötzlich für ihren kleinen Bruder verantwortlich. So versuchte sie eben, Kuno so gut wie möglich die Eltern zu ersetzen und ihn zu einem anständigen Menschen zu erziehen.

Anfangs war das noch einfach gewesen. Kuno war ein fröhliches Kind, und seine liebenswerte herzliche Wesensart machte es ihm leicht, Sympathien zu gewinnen. Franziska wäre gerne gewesen wie er – so unbesorgt und unbekümmert, so fröhlich und egoistisch. Doch die Verantwortung, für die sie eigentlich viel zu jung war, drückte schwer auf ihre Schultern, und die Fröhlichkeit war ihr schon vor langer Zeit abhandengekommen. Gerne hätte sie auch Freunde gehabt. Aber wie man Freundschaften schloss, hatte sie schon als Kind nicht so recht gewusst.

Kuno entwickelte sich zu einem verwöhnten und kapriziösen jungen Mann, der jegliches Spießertum verachtete. Franziska und die Welt, in der sie lebte, betrachtete er mit nachsichtiger, milder Geringschätzung. Er ließ sein Haar wachsen, und trug gerne bunte, auffallende Kleidung. Und obwohl Franziska gerne gesehen hätte, dass er einen soliden Beruf – wie Koch oder Bankbeamter ergriffen hätte, entschied er sich für eine Lehre als Reisebürokaufmann. Er sprach von fremden Ländern, von denen Franziska noch nicht einmal gehört hatte, und davon, dass er die Welt bereisen wollte. Er las viele kluge Bücher und benützte im Gespräch Wörter, die Franziska nicht verstand. Auch brachte er immer wieder Themen zur Sprache, von denen sie keine Ahnung hatte. Sie hatte niemals Zeit gehabt, sich mit Bildung zu beschäftigen. Franziska begann sich in seiner Gegenwart dumm, unzureichend und hilflos zu fühlen. Kunos überlegenes und immer etwas mitleidiges Lächeln konnte sie nicht mehr ertragen.

Letztendlich wurde Kuno erwachsen, jedoch verstehen konnten sie einander immer noch nicht. Kuno begann nun tatsächlich, als Reiseleiter die Welt zu bereisen. Sie sahen einander nur noch selten. Von irgendeiner seiner Reisen hatte er Fred mitgebracht. Da er jedoch selten zu Hause war, konnte er ihn nicht behalten und seither wohnte Fred bei ihr. Dafür würde sie ihm ewig dankbar sein, denn sie liebte diesen verrückten, lauten Papagei. Aber dass er allem, was sie ihm bieten konnte, den Rücken gekehrt hatte, um eine Welt zu bereisen, von der man nicht viel mehr wusste, als dass sie rund war, konnte sie ihm nicht verzeihen. Und irgendwann brach der Kontakt dann völlig ab.

Sie war fast 45 Jahre alt gewesen, als sie Gottlieb kennengelernt und geheiratet hatte. Warum, das wusste sie nicht genau. Vermutlich einfach deshalb, weil er sie gefragt hatte, und ihr das Leben nicht viele Alternativen bot. Es war nicht die große, überschäumende Liebe gewesen, jedoch hatte sich mit der Zeit ein solides Gefühl der Zusammengehörigkeit entwickelt. Auch ihre Eltern wären mit Gottlieb zufrieden gewesen, hätten sie noch gelebt. Ihr Vater einfach deshalb, weil Gottlieb Schach spielen konnte. Franziska sah es förmlich vor sich, wie ihr Vater Gottlieb mit einer Hand auf die Schulter klopfte und „vortrefflich, vortrefflich" murmelte, während er mit der anderen Hand die Schachfiguren aufstellte. Und ihre Mutter hätte Gottlieb gemocht, weil er nicht nur ein erstklassiger Buchhalter war, sondern im Notfall auch betonieren konnte. Ihre Mutter pflegte zu sagen: „Und wenn einer noch so ein Lump ist, so lange er betonieren kann, ist nicht alles verloren." Nicht dass jemals jemand Gottlieb hätte betonieren sehen. Die Notwendigkeit dazu bestand auch nie. Aber das Bewusstsein, dass er es im Ernstfall konnte, vermittelte schon ein Gefühl der Sicherheit.

Bis Gottlieb in dieser Novembernacht vor fünf Jahren verschwunden war. Franziska war am Boden zerstört. Alles, alles hätte sie ihm verziehen, wäre er nur zurückgekommen. Keine Fragen hätte sie ihm gestellt, ihm keine Vorwürfe gemacht. Doch ihre anfängliche Sorge, ihre Verletztheit und ihr Schmerz hatten sich im Laufe der Zeit erst in hoffnungslose Trauer und danach in Groll und Unversöhnlichkeit verwandelt. Ihretwegen hätte er obdachlos im Park sitzen und erfrieren können. Sie war fertig mit ihm.

Kuno hingegen hatte nie geheiratet. Er war ein etwas sonderbarer Einzelgänger geworden und lebte in einem kleinen Haus am Stadtrand, nur zehn Minuten von Franziskas Elternhaus – in dem sie immer noch lebte - entfernt. Ganz konnte sie nicht verstehen, was aus ihrem schillernden, glänzenden Bruder geworden war. Und vor allem warum. Es mochte wohl sein, dass es einfach zu wenige Menschen gab, die seinen Ansprüchen genügten. Nicht jeder konnte Shakespeare zitieren und verstand Wörter, an denen selbst die Gelehrten im alten Rom noch zu knabbern gehabt hätten. Einen anderen Grund konnte sie sich nicht vorstellen.

Manchmal sah sie ihn aus der Ferne, wenn er, den Blick auf den Boden gerichtet und die Hände auf dem Rücken verschränkt, seinen täglichen Spaziergang absolvierte, seine seltsame bunte Strickmütze über die Ohren gezogen. Sie drehte jedes Mal den Kopf weg.

Doch in letzter Zeit schlich Kuno sich immer öfter in Franziskas Gedanken. Immer öfter dachte sie an den heiteren Jungen, der ihr kleiner Bruder gewesen war, und den sie so geliebt hatte. Und an den einsamen Erwachsenen, der er geworden war. Aber den Mut, ihn einmal anzusprechen, wenn sie ihn sah, hatte sie nicht.

Auch an Gottlieb musste sie seit einigen Wochen häufig denken. Jahrelang hatte sie sich die Gedanken an ihn nicht erlaubt, sie im Keim erstickt. Doch immer weniger konnte sie die Erinnerung an ihn verdrängen, ihn immer weniger aus ihrem Kopf verbannen.

Das Schrillen der Türklingel riss sie unvermutet aus ihren Gedanken. Fred, der seinen Kopf unter den Flügel gesteckt hatte und vor sich hin gedöst hatte, schrak auf und grölte. „Frrrreudensprrrung!!" „Das war nicht das Telefon, Blödmann. Das war die Türklingel", brummte Franziska und schlurfte zur Tür. Umständlich legte sie die Sicherheitskette vor und drehte sie den Schlüssel im Schloss. Dann öffnete sie die Tür und spähte durch den Spalt nach draußen. Draußen war es dunkel, sie konnte niemanden erkennen. „Ist da jemand?", frage sie ärgerlich. Alles blieb still. Sie lauschte kurz in die Dunkelheit. Kein Ton war zu hören. Kopfschüttelnd wollte sie die Tür wieder schließen, da sah sie aus dem Augenwinkel, wie sich eine Gestalt aus der Dunkelheit löste. Sie blieb stehen und linste durch den Türspalt nach draußen. Ihre Augen gewöhnten sich langsam an die Dunkelheit und sie konnte einen sonderbar gekleideten Jungen erkennen, der da stand und sie unverwandt ansah. Unter einer sonderbaren Zipfelmütze lugten schwarze, struppige Haare und spitze Ohren hervor. Er trug eine bunte Jacke und ebensolche Hosen. „Um alles in der Welt, wer bist du?" flüsterte sie. Der Junge lachte hell. „Was bedeutet das schon? Ich bin einfach der, der ich bin. Vielleicht ein Zauberer, vielleicht ein Weihnachtself, vielleicht der Osterhase. Vielleicht bin ich aber auch nur der, der kommt, wenn die Einsamkeit unerträglich wird. Aber was bedeutet es?"

Franziska runzelte verwirrt die Stirn. „Ich glaube, du bist hier falsch. Du hast dich sicher im Haus geirrt. Es ist besser, wenn du so schnell wie möglich wieder verschwindest." „Ob es besser ist, kannst du nicht wissen. Du kannst nur wissen, was du im Augenblick möchtest, aber nicht, was besser ist."

Darauf fiel Franziska so schnell keine passende Antwort ein. Aber sie hatte auch keine Lust, mit diesem seltsamen Jungen vor ihrer Tür zu diskutieren. „Sieh zu, dass du wegkommst….", wollte sie sagen, jedoch dazu kam sie nicht. Denn in diesem Augenblick grölte Fred aus der Küche: „Verschwindet hier, ihr Lumpenpack! Wir kaufen nichts!" Der Junge lachte wieder. „Dein Papagei weiß Bescheid. Aber sorge dich nicht, du brauchst nichts zu kaufen, Franziska. Ich bin da, um dir fröhliche Weihnachten zu wünschen!" „Fröhliche Weihnachten!", fauchte Franziska. „Fröhliche Weihnachten!! Danke für den frommen Wunsch. Aber wie soll denn jemand wie ich fröhliche Weihnachten haben? Seit Jahren bin ich allein. Kein Mensch kümmert sich um mich. Kein Mensch denkt auch nur an mich. Nein, das mit den fröhlichen Weihnachten, das wird wohl nichts!" Herausfordernd starrte sie den Jungen an. Doch der sagte nichts. Betrachtete sie nur neugierig. Auch sie schwieg. Sie wollte dem Jungen die Tür vor der kecken Nase zuwerfen, aber es funktionierte nicht. Sie stand wie erstarrt. Kuno tauchte vor ihrem inneren Auge auf. Ihr Bruder, der – egal was passierte – immer ihr Bruder bleiben würde. Er war so anders als sie. Sie konnte ihn nicht verstehen. Als hätte der Junge ihre Gedanken gelesen, sagte er: „Aber er ist doch nicht weniger wert, nur weil du ihn nicht verstehst. Vielleicht musst du ihn gar nicht verstehen. Vielleicht genügt es, ihn zu lieben."

Und dann Gottlieb. Er hatte sie verlassen, obwohl sie alles für ihn getan hatte. Sie hatte sich so bemüht, ihm eine gewissenhafte Ehefrau zu sein. Da brach es plötzlich aus ihr heraus. „Immer hab ich alles für jeden getan. Ich habe Kuno großgezogen. Habe versucht einen ordentlichen Menschen aus ihm zu machen. Ich habe ihm gegeben, was ich konnte. Aber es hat nicht gereicht. Und dann Gottlieb. War ich nicht immer ordentlich und anständig? Die Wohnung war immer aufgeräumt, und er bekam täglich sein warmes Essen, wenn er nach Hause kam. Er hatte immer frisch gewaschene und gebügelte Kleidung. Und mindestens fünfmal täglich habe ich ihm seine Brille geputzt. Aber es war ihm nicht genug. Was hätte ich denn sonst noch tun sollen?" Sie begann hemmungslos zu schluchzen. All ihre jahrelang aufgestaute Frustration, ihre Enttäuschung und ihr Schmerz stürzten wie ein gewaltiger Wasserfall, der alles mitriss, aus ihr heraus. „Vielleicht habe ich Fehler gemacht. Vielleicht habe ich alles falsch gemacht. Aber ich tat alles, was ich konnte." Das Schluchzen schüttelte sie, sodass sie kaum noch sprechen konnte. Leise hörte sie die Stimme des Jungen. „Wenn wir von Fehlern reden wollen, dann hast ganz gewiss nicht nur du welche gemacht. Aber darum geht es hier nicht. Es geht darum, einfach jetzt Entscheidungen zu treffen, die dich glücklich machen." „Wie soll ich denn das machen?" schluchzte

Franziska. „Indem du auf dein Herz hörst!", sagte der Junge. „Auf mein Herz", schluchzte Franziska, „wie soll denn das gehen?" Aber sie sprach zu ihrem leeren Garten. Der Junge war weg.

Vier Tage vor Weihnachten! Gottlieb saß in seinem kleinen Untermietzimmer und rieb seine kalten Hände aneinander, um sie zu wärmen. Die fünften Weihnachten ohne Franziska. Wenn er hätte sagen müssen, warum er an diesem denkwürdigen Tag, als er gegangen war, um die Zeitung zu kaufen, nicht mehr nach Hause zurückgekehrt war – er hätte es nicht gewusst. Zu eng war ihm alles geworden. Zu akkurat. Als er Franziska geheiratet hatte, hatte er das – zumindest zum Teil – deshalb getan, weil er sich nach einem behaglichen, wohlgeordneten Heim gesehnt hatte. Und natürlich auch, weil er Franziska wirklich gern mochte.
Sie hatte in der Bäckerei gearbeitet, in der er sich täglich seine Frühstückssemmeln kaufte. Sie hatte auf ihn immer ein wenig schüchtern und zurückhaltend gewirkt, aber überaus tüchtig und umsichtig.

Franziska hatte sich vom ersten Tag ihrer Ehe an Mühe gegeben, alles sauber zu halten und ihn zu versorgen und zu bemuttern. Oh, man konnte ihr nichts vorwerfen. Sie war eine vorbildliche und ordentliche Hausfrau gewesen. Aber hatte sie jemals bemerkt, dass es ihm nicht so wichtig war, ob die Betten jeden Samstag neu bezogen wurden und jedes Staubkörnchen entfernt wurde, ehe es auch nur Zeit fand, sich auf irgendeinem Möbelstück häuslich niederzulassen? Hatte sie jemals bemerkt, dass er manchmal einfach gerne mit ihr dagesessen und geredet hätte, dass er manchmal gerne etwas mit ihr unternommen hätte? Dafür war nie Zeit gewesen. Sie hatte das Haus geputzt, sie hatte seine Brillen geputzt, und das bis zu fünfzehn mal täglich. Und wenn sie nicht geputzt hatte, hatte sie Deckchen gehäkelt und das gesamte Haus damit dekoriert. Sogar den Klo-Deckel hatte sie mit einem schicken Mäntelchen versehen. Damit und mit ihrer Fürsorge und ständigen Betriebsamkeit hatte sie ihn manchmal halb in den Wahnsinn getrieben.
Er seufzte. Dennoch hatte er sie gern gehabt, seine Franziska. Er hatte sie immer noch gern. „Dann wird es Zeit, dass du eine Entscheidung triffst, die dich

glücklich macht!" Gottlieb erschrak fürchterlich. Vor ihm stand wie aus dem Boden gewachsen eine höchst sonderbare Gestalt. Irgendwie sah das Wesen aus wie ein kleiner Junge, seine Kleidung war jedoch keine normale Jungenkleidung, und seine Ohren waren spitz. „Wer bist du?", flüsterte Gottlieb. Und wie bist du hier hereingekommen?" Der Junge ging nicht auf seine Frage ein. „Hast du ihr jemals gesagt, was dir wichtig ist?" fragte er stattdessen. „Und hast du auch wirklich einmal darauf geachtet, was ihr wichtig ist?"
Gottlieb schloss verwirrt die Augen. Träumte er? Was war hier los? Er öffnete den Mund zu einer Antwort... zu einer Frage... doch er brachte keinen Ton hervor. Und als er es endlich wagte, seine Augen wieder zu öffnen, war der Junge weg. Jedoch schien ihm, als hörte er aus der Ferne eine Stimme flüstern. „Triff eine Entscheidung, die dich glücklich macht."
Eine Entscheidung, die mich glücklich macht, dachte Gottlieb verwirrt. Dafür war es wohl zu spät. Er würde es nie wieder wagen, nach Hause zurückzukehren. Franziska würde ihn ja auch gar nicht zurücknehmen wollen, da war er sich sicher. Dafür hatte er ihr zu viel angetan. Aber wenigstens anrufen könnte er sie. Nur

um ihr frohe Weihnachten zu wünschen und ihr zu sagen, wie leid ihm alles täte. Er wusste jedoch nicht, ob er den Mut dazu haben würde. „Triff eine Entscheidung, die dich glücklich macht!", hörte er da ganz leise die Stimme des Jungen aus der Ferne. Oder hatte er sich das nur eingebildet?
Egal wie. Er würde tun, was zu tun war. Langsam und bedächtig griff er nach dem Telefonhörer.

Vier Tage vor Weihnachten. Es hatte zu schneien begonnen, und Kuno beschloss, seinen täglichen Spaziergang durch den Park heute bis zum Wäldchen auf der anderen Flussseite auszudehnen. Die Hände auf dem Rücken, sein linkes Bein hinter sich her schleifend, ging er die verschneiten Parkwege entlang. Sein hinkender Gang störte ihn schon längst nicht mehr. Früher, ja da war das schlimm gewesen. Wenn seine Schulkameraden durch die Straßen rannten, wenn sie zum Fußballspielen gingen, zum Schifahren und Rollschuhlaufen, und er nirgends mithalten konnte, da fraß ihn manchmal die Verzweiflung über seine Behinderung fast auf. Als er älter wurde, und Mädchen in seinem Leben eine Rolle zu spielen begannen, da

merkte er, dass leider nicht nur die inneren Werte zählten, wie seine Schwester ihn immer zu trösten versuchte. Nach zwei herben Enttäuschungen, entschied er, allein zu bleiben. Er verkroch sich hinter seinen Büchern, fraß Bildung in sich hinein und bemerkte bald, dass seine Schwester mit ihm nicht mehr mithalten konnte. Sie war zwar gutmütig und tüchtig, häkelte endlos viele Deckchen und verfolgte ihn ständig mit einer Kleiderbürste, um nicht vorhandene Fusseln von seiner Kleidung zu bürsten, aber für seine Begriffe war sie doch sehr einfach konstruiert
Ihr war es immer nur wichtig gewesen, das Haus in Ordnung zu halten und ihn zu versorgen. Für mehr interessierte sie sich nicht. Wenn er mit ihr philosophische oder politische Gespräche führen wollte, hatte sie sich stets hinter Hausarbeit versteckt oder blitzartig ihr stets griffbereites Häkelzeug an sich gerissen und wie von Furien gehetzt losgehäkelt.
Dennoch war sie war von ihnen beiden immer die Starke, Überlegene gewesen. Allein schon deshalb, weil sie die Ältere war.
Nun war er wenigstens der Kluge und Gebildete. Er mochte Franziska, aber er konnte nie verstehen, wie

ihr das Leben, das sie gewählt hatte, genügen konnte. Sie hatte nie nach Höherem gestrebt. Ihm wurde das Dasein, das sie führten, bald zu eng und zu kleinkariert. Er wollte weg, wollte die Welt sehen, wollte Erfahrungen sammeln. Er wollte der Welt zeigen, dass er auch mit seiner Behinderung ein ernstzunehmender Mensch war. Franziska hatte ihn nur verständnislos angesehen, als er versucht hatte, ihr das zu erklären. „Du hast doch alles, was du brauchst!", hatte sie gesagt und den Kopf geschüttelt. Damit war das Thema für erledigt gewesen und sie war wieder zur Tagesordnung übergegangen.
Er hatte in seinem Leben viele fremde Länder bereist, er hatte viel gesehen und viel gelernt. Und nun – im Alter von nahezu 55 Jahren, begann er sich erstmals zu fragen, ob er denn gefunden hatte, wonach er gesucht hatte. „Dazu müsstest du dir erst einmal klarmachen, wonach du gesucht hast!", hörte er plötzlich eine Stimme neben sich sagen. Er zuckte zusammen und blickte zur Seite. Er hatte diesen sonderbaren Jungen, der da plötzlich neben ihm ging, nicht kommen gehört. „Wer bist du?" knurrte er, „und woher kommst du so plötzlich?"

Der Junge lachte. „Das fragen mich alle! Wenn du unbedingt einen Namen für mich brauchst, dann nenn mich einfach Marakantandel. Oder von mir aus auch – falls dir Marakantandel zu lang ist – Kurt. Es ist egal."
Kuno runzelte die Stirn und sah den Jungen genauer an. Das Gesicht sah aus wie ein ganz normales Jungengesicht, aber der Junge wirkte wie verkleidet mit seiner komischen Mütze und der bunten Kleidung. Und er hatte auffallend spitze Ohren. So etwas wie diesen Jungen konnte es eigentlich gar nicht geben. Vermutlich lag diese ganze Erscheinung daran, dass er sich heute ein zweites Glas Glühwein genehmigt hatte. Ja genau, das musste es sein.
Der Junge lachte hell und fröhlich. „Ja genau, so wird es sein. Und hättest du noch ein drittes Glas Glühwein getrunken, würdest du mich sogar doppelt sehen." Der Junge schüttelte sich vor Lachen.
Kuno wurde ärgerlich „Geh nach Hause und zieh dir anständige Kleidung an", fuhr er denn Jungen an. „Und mach um alles in der Welt was mit deinen Ohren. Das sieht ja lächerlich aus."

Der Junge ignorierte seine Aufforderung. „Weißt du, wonach du dein ganzes Leben lang gesucht hast?" fragte er stattdessen. „Wenn nicht, dann denk drüber nach. Vielleicht begreifst du dann auch, dass du nicht um die halbe Welt hättest reisen müssen, um es zu finden."

„Lass mich in Ruhe", brummte Kuno, „es ist ohnedies zu spät, etwas zu ändern."

„Du brauchst ja auch nicht die Vergangenheit zu ändern. Du brauchst ja nur JETZT eine Entscheidung treffen, die dich glücklich macht. Verstehst du? JETZT!"

Plötzlich wusste Kuno, was er sein Leben lang gesucht hatte. Wie eine Erleuchtung kam es über ihn.

„Ein bisschen Frieden im Herzen hätte ich gebraucht", flüsterte er. „Mit mir selbst hätte ich Frieden schließen müssen. Franziska konnte nichts dafür. Sie konnte nichts für meine Krankheit. Sie konnte nichts für meine Behinderung. Sie tat, was sie konnte."

„So ist es", sagte der Junge. „Du bist, wer du bist. Nichts kann daran etwas ändern. Auch deine Behinderung ändert nicht, wer du bist. Dein Leben lang damit zu hadern ist deine eigene Entscheidung. Du musst dich nicht beweisen, da du ja sowieso bist, der du bist.

Du musst das nur begreifen, dann hast du, was du dein Leben lang gesucht hast."
„Den Frieden im Herzen", murmelte Kuno.
Und völlig unvermutet spürte er ihn plötzlich ganz tief in sich drin, diesen Frieden.
„Triff ab jetzt nur mehr Entscheidungen, die dich glücklich machen", sagte der Junge.
„Das werde ich tun", flüsterte Kuno, „das werde ich ganz gewiss tun." Jedoch da war keiner mehr, dem er das hätte sagen können.

Lange Zeit saß Franziska nur still da. Sie fühle sich seltsam leicht und friedlich. Hatte sie das alles nur geträumt? „Triff eine Entscheidung, die dich glücklich macht!" hörte sie die Stimme des Jungen immer noch in ihrem Ohr. Dieser einfache Satz hatte bewirkt, dass in ihr Zuversicht entstanden war. Alles könnte gut werden. Ihre eigenen Entscheidungen hatten damit zu tun.
Sie schrak zusammen als plötzlich das Telefon klingelte. „Frrrreudensprrrrung! Wir kaufen nichts!" grölte Fred durchs Haus. Mühsam erhob sie sich und

schlurfte ins Wohnzimmer. „Freudensprung", meldete sich, und sie merkte, dass ihre Stimme anders klang als sonst. Irgendwie heller, fröhlicher. Am anderen Ende der Leitung herrschte Schweigen. Sie hörte nur leises Atmen. „Hallo? Ist da jemand?" fragte sie nochmal. „Franziska!" hörte sie eine wohlvertraute Stimme an ihr Ohr klingen. Gottlieb! Gottlieb hatte angerufen. Sie hielt die Luft an. „Franziska, ich erwarte nicht, dass du mir verzeihst." Gottliebs sprach leise und seine Stimme klang heiser. „Aber ich möchte, dass du weißt, wie unendlich leid mir alles tut." Sie schwieg nur eine Sekunde lang. Dann sagte sie mit sanfter Stimme. „Komm nach Hause, Gottlieb. Komm einfach nach Hause!"

Franziska saß immer noch fassungslos neben dem Telefon, nachdem sie schon längst aufgelegt hatte. Gottlieb würde nach Hause kommen. Sie bemerkte zum ersten Mal, wie sehr er ihr gefehlt hatte, wie sehr sie ihn liebte.
Wenn doch nur auch Kuno kommen würde. Wie sehr wünschte sie sich das. Aber der war vermutlich zu stolz und zu starrköpfig. Da fielen ihr die Worte des

Jungen wieder ein. „Triff eine Entscheidung, die dich glücklich macht." Das war es. Sie musste nicht warten, bis Kuno eine Entscheidung traf. Sie konnte selbst handeln.

Rasch eilte sie in ihre Garderobe, zog Schuhe und Mantel an und verließ entschlossen ihr Haus. Sie würde zu Kuno gehen und ihn für den Weihnachtsabend einladen.

Es schneite immer noch und sie zog den Kopf ein, als sie raschen Schrittes ihren Garten durchquerte. So sah sie auch nicht die dunkle Gestalt, die gerade ihren Garten betrat. Geradewegs rannte sie in sie hinein. Erschrocken hob sie den Kopf und traute ihren Augen nicht. Kuno! Kuno war zu ihr gekommen. „Guten Abend, Franziska. Wohin so stürmisch?" fragte er mit seiner tiefen, warmen Stimme. „Ich wollte gerade zu dir!" stammelte sie verwirrt. „Ich wollte dich für Weihnachten einladen." „Das trifft sich, denn ich hatte ähnliches im Sinn!" Kuno lächelte. Er lächelte glücklich wie nie zuvor. Keine Herablassung, keine Geringschätzung lag in seinem Lächeln. Warm und herzlich lächelte er.

So kam es, dass am Weihnachtsabend drei glückliche Menschen und ein gesprächiger Papagei in Franziskas Wohnzimmer saßen. Vor einem Weihnachtsbaum, den sie im letzten Augenblick noch gekauft und geschmückt hatten.

Und alle drei dachten voller Dankbarkeit an den Jungen, von dem sie sich nicht sicher waren, ob sie ihn nicht nur geträumt hatten und von dem sie den anderen nie erzählen würden.

TOROSA

Wie ein Schatten war die Katze zwischen den Häusern aufgetaucht - geräuschlos und nahezu unsichtbar. Nur schwach hob sie sich vom aufsteigenden Nebel ab. Lotte erkannte auf den ersten Blick, dass das keine gewöhnliche graue Katze war. Sie schimmerte auf eine seltsame Art und schien nicht richtig grau, sondern eher blaugrau zu sein, und obwohl sie in der Dämmerung kaum wahrzunehmen war, glaubte Lotte, ein Leuchten von ihr ausgehen zu sehen. Lotte starrte die Katze an und die Katze starrte zurück. Und je länger Lotte starrte, desto blauer schimmerte es aus der Dunkelheit. Lotte starrte so lange, bis sie nur mehr die blaugeränderten Ohren der Katze wahrnahm. Und die Augen. Die Augen strahlten goldgelb und passten irgendwie gar nicht dazu. Dies war keine gewöhnliche Katze, darüber war Lotte sich im Klaren. Jedoch war sie eine sehr nüchtern denkende Frau und für dergleichen Schnickschnack hatte sie nichts übrig. Eine Katze mit blau leuchtenden Ohrrändern hatte in ihrer Wirklichkeit nichts verloren. So etwas war unmöglich, das gab es einfach nicht, und daher drehte sie sich kopfschüttelnd um und eilte weiter.

Eigentlich hatte sie gar keine Lust gehabt, noch wegzugehen. Aber ihr Kühlschrank war leer, denn sie war erst vor einer Stunde nach längerer Abwesenheit nach Hause gekommen. Sie hatte ihrer Schwester einen siebentägigen Besuch abgestattet, und danach war sie zu ihrer Kusine gereist, bei der sie fünf Tage geblieben war. Die beiden waren ihre einzigen Verwandten und sie besuchte sie jedes Jahr vor Weihnachten und blieb bei jeder so lange, bis sie heillos zerstritten waren. Das pflegte im Allgemeinen etwa zwei Wochen in Anspruch zu nehmen, somit lag sie gut im Zeitplan. Nun war sie müde und wollte gleich zu Bett gehen. Hunger hatte sie nicht, dennoch entschied sie sich – sie hätte später nicht zu sagen gewusst, warum – noch zum Laden an der Ecke zu gehen, um einige Lebensmittel einzukaufen.
So kam es, dass Lotte der Katze begegnete.

Das Haus, in dem sie wohnte, war vier Stockwerke hoch, und Lotte wohnte ganz oben unter dem Dach. Etwas unlustig schlich sie die enge Treppe nach unten und öffnete die Haustür. Es war bereits dämmrig und die Kälte schnitt ihr in die Wangen. Sie zog den Mantelkragen hoch und beschleunigte ihre Schritte.

Und da war sie plötzlich. Lotte war gar nicht sicher, ob sie nun zwischen den Häusern aufgetaucht oder vom Himmel gefallen war. Sie war plötzlich einfach da.

Lotte hätte hinterher nicht zu sagen gewusst, wie sie sich in diesem Augenblick gefühlt hatte und ob sie Angst gehabt hatte. Sie wusste nur, dass sie mit dergleichen Erscheinungen nichts zu tun haben wollte und dass es eine Katze dieser Art sowieso nicht geben konnte. Erst als sie am Supermarkt angekommen war, merkte sie, dass sie die letzten Schritte gelaufen war. Atemlos blieb sie stehen und sah zurück. Hinter ihr stand die Katze und leuchtete sie mit ihren goldgelben Augen an. Es schien ihr eine Ewigkeit, die sie und die Katze einander in die Augen starrten. Ein Schauder lief Lotte über den Rücken. Doch dann schüttelte den Kopf wie ein Hund, der sich den Regen aus dem Fell schüttelt und betrat hastig den Laden.

Sie ließ sich Zeit mit ihren Einkäufen und trödelte zwischen den Regalen herum. Schließlich kaufte sie etwas Käse und eine Packung Toastbrot. Nach kurzem Überlegen packte sie noch Erdbeeren und einen Becher Schlagsahne in ihren Einkaufskorb. Sie hätte nicht zu sagen gewusst, warum, denn Erdbeeren im Dezember empfand sie als puren Luxus, und Erdbeeren mit Schlagsahne grenzten in ihren Augen sowieso an Völlerei.

Mehrmals schlich sie am Eingang vorbei und schielte nach draußen. Von der Katze war nichts zu sehen. Lotte schüttelte über sich selbst den Kopf. Warum dachte sie immer noch an diese Katze? Sie ging zur Kasse, bezahlte ihre Waren und verließ den Laden. Inzwischen war es dunkel geworden und es hatte zu schneien begonnen. Lotte verkroch sich in ihren Mantelkragen und machte sich eilig auf den Heimweg. Nichts Auffälliges war zu bemerken. Nur manchmal glaubte sie, in der Ferne, einen bläulichen Schimmer zu sehen. Aber vermutlich spielten ihr ihre etwas überreizten Nerven einen Streich.

Sie war froh, als sie ihr Haus erreichte.

Vor dem Haus saß die Katze.

Lotte blieb stehen. Ihr Atem ging heftig. Es ließ sich nicht leugnen – diese Katze war ihr unheimlich. Das konnte doch nicht sein. Sie fürchtete sich vor einer Katze! Sie atmete tief durch und ging auf die Katze zu. Die Katze saß bewegungslos und sah ihr ruhig entgegen. Lottes Hände zitterten, als sie die Haustür aufsperrte. Schnell huschte sie ins Treppenhaus. Die Katze erhob sich und folgte ihr. Es kostete Lotte einige Überwindung, aber dann sprach sie das Tier an: „Na, wo wohnst du denn? Willst du nicht nach Hause gehen?" Die Katze sah Lotte unverwandt an. „Hast du vielleicht Hunger?" fragte Lotte weiter, „dann solltest du erst recht nach Hause gehen. Denn wir kennen uns weiter nicht, und du wirst doch wohl nicht annehmen, dass ich fremde Katzen durchfüttere. Und du selbst wirst ja wohl auch nicht von jedem Fremden etwas annehmen wollen."

Damit drehte sie sich um und kletterte ohne sich umzusehen keuchend die Treppe bis zum vierten Stock empor. Die Katze folgte ihr ruhig und geschmeidig. Lotte fühlte sie mehr als dass sie sie sah. Oben angekommen wandte sie sich nochmal rasch um und fuhr die Katze an: „Nun schau doch endlich, dass du fortkommst!" Dann schloss sie mit zittrigen Fingern ihre Wohnungstür auf und betrat, gefolgt von der Katze, ihre Wohnung.

Sie stellte ihre Einkäufe in die Küche und ließ sich dann mit einem Seufzen auf einen Sessel plumpsen. Sie brauchte ein Weilchen, bis sie wieder zu Atem kam. Als ihr Mann noch lebte, hatten sie oft davon gesprochen, eine andere Wohnung zu suchen, eine, die ebenerdig gelegen war. Aber seit er tot war, dachte Lotte nicht mehr daran, hier wegzuziehen. Sie war über siebzig Jahre alt und sie war nicht daran gewöhnt, selbstständige Entscheidungen zu treffen. Solange Gustav lebte, hatte er die Entscheidungen getroffen. Und das war ihr so Recht gewesen.

Die Wohnung hier war ja soweit in Ordnung. Außer dass sie eben im vierten Stock lag und Lotte ihre ganze Sportlichkeit abverlangte. Und dass in der Nebenwohnung eine junge Familie mit drei kleinen Kindern

wohnte, wertete die Wohnung auch nicht gerade auf.
Lotte mochte keine Kinder. Sie hielt Kinder grundsätzlich für laut, frech und unerzogen. Obwohl sie zugeben musste, dass die Nachbarskinder immer freundlich grüßten. Die junge Frau hatte schon mehrmals versucht, mit ihr Kontakt aufzunehmen, ein Gespräch zu beginnen. Aber Lotte hatte sich auf keine Unterhaltung eingelassen, hatte nur kurz und mürrisch geantwortet. Irgendwann hatte die Frau aufgegeben. Lächelte sie immer nur schüchtern an, wenn sie einander begegneten.
Lotte war nicht immer so gewesen. Früher als sie jung war, hatte sie Freunde gehabt, und Freude am Leben. Kinder hätte sie sich schon auch gewünscht. Aber sie hatte keine bekommen, und sie hatte deswegen lange mit ihrem Schicksal gehadert, war verbittert geworden und hatte sich zurückgezogen. Heute war sie froh darüber. Obwohl es vielleicht….
Nun, Lotte hielt es für sinnlos, darüber nachzudenken. Es war eben so und nicht anders.

Die Katze saß geduldig in der Mitte des Teppichs und wartete. Lotte sah sie missvergnügt an. Was wollte die

Katze von ihr? Warum war sie ihr hierher gefolgt? Vielleicht sollte sie ihr doch etwas zu Fressen geben? Man wusste ja nicht, ob das Tier jemandem gehörte. Und sie wusste ja, wie die Leute waren. Erst nahmen sie so ein Tier ins Haus, und dann kümmerten sie sich nicht darum. Man kannte das ja. Mühsam stand sie auf und begann nach etwas Fressbarem für das Tier zu suchen. Sie wusste nicht so recht, womit man eine Katze füttert, wenn man keine entsprechenden Vorräte im Haus hat. In einer Lade fand sie eine Dose Thunfisch. Abwägend betrachtete sie die Dose. Irgendwie fast schade für ein dahergelaufenes Tier. Aber dann gab sie sich einen Ruck und öffnete die Dose. „Komm her, Katze!" rief sie. Eigentlich hatte sie „Katzenvieh" rufen wollen, aber sie verkniff es sich im letzten Augenblick. Man konnte ja nie wissen, wie viel so ein Tier verstand und was es über sie denken mochte. Ein wenig wunderte sie sich über sich selbst, denn gewöhnlich war es ihr gleichgültig, was die anderen von ihr dachten. Sie glaubte sowieso nicht daran, dass außer ihr jemand imstande war, überhaupt vernünftig zu denken. Und schon gar keine Katze. „Nun komm schon her, Katze!" Abwartend sah sie die Katze an, aber die saß da wie eine Statue und rührte sich nicht. Sie mochte wohl keinen Thunfisch. „So ist es recht", murrte Lotte, „obdachlos sein und dann noch Ansprüche stellen!" Die Katze antwortete soweit nicht. Sie saß nur stumm da. „Dir geht es einfach zu gut", schimpfte Lotte weiter. „Einen Krieg müsstest du erleben. Dann wüsstest du, was Hunger ist. Auf Knien würdest du um eine Dose Thunfisch betteln. Und an die hungernden Katzenkinder in Afrika solltest du denken!" Die Katze hörte aufmerksam zu und regte sich nicht.

Lotte hätte hinterher in keiner Weise mehr zu sagen gewusst, warum sie plötzlich in ihr Wohnzimmer zum Schrank mit dem guten Geschirr ging, eine wunderschöne Glasschale mit Goldrand – ein Erbstück ihrer Großmutter – herausnahm, sie mit Erdbeeren füllte, reichlich Schlagsahne darüber verteilte und die Schale der Katze hinstellte. Und siehe da, ohne auch nur ein einziges Mal abzusetzen fraß die Katze die Schale leer.

Später saßen sie einander in Lottes Wohnzimmer gegenüber. Lotte in ihrem Lieblingssessel, die Katze auf dem Sofa. Nichts wies darauf hin, dass die Katze vorhatte, wieder zu gehen. Und es ließ sich nicht leugnen,

Lotte begann sich in Gesellschaft der Katze wohlzufühlen. Ein ungewohntes Gefühl. „Bilde dir bloß nicht ein, dass ich dich mag", sagte sie.

Draußen hatte es zu schneien begonnen.

Nachdenklich saß Lotte in ihrem Sessel. Im Raum war es fast dunkel. Endlich raffte Lotte sich auf, stand auf und knipste ihre altmodische Stehlampe mit den braunen Fransen an. Dann ging sie zum Fenster, um die Vorhänge zu schließen. „Wenn du hier schlafen willst", sagte sie zur Katze, „dann musst du einen Namen haben. Hier schlafen keine namenlosen Unbekannten."

„Ich heiße Torosa", sagte die Katze.

„So, so. Ich dachte eher an einen vernünftigen Katzennamen, so wie Leni oder Grete", gab Lotte geistesabwesend zurück.
„Nein, ich heiße Torosa", ertönte es abermals vom Sofa. Was war das eben? Jetzt erst wurde Lotte bewusst, dass die Katze geantwortet hatte und sie erschrak heftig. Als sie sich jedoch nach der Katze umwandte, hatte sich diese auf dem Sofa eingerollt und

schien zu schlafen. Lotte atmete tief durch. „Was hab ich mir da bloß eingebildet?" murmelte sie. „Aber wenn sie will, so soll sie eben Torosa heißen. Wenngleich Leni auch genügt hätte."

 Am nächsten Morgen erwachte Lotte mit dem unbestimmten Gefühl, dass jemand auf ihrem Kopfkissen stand und sie anstarrte. Sie schlug die Augen auf und blickte schnurgerade in Torosas goldgelbe Augen. „Ach du bist ja auch noch da", seufzte sie und schloss gleich wieder die Augen. „Wann gibt es bei dir Frühstück?" frage Torosa höflich.

Lotte riss die Augen auf und starrte die Katze an. Die saß jedoch ruhig da und tat, als hätte sie kein Wort gesagt. Lotte ließ sich jedoch nicht mehr täuschen. Diese Katze unterhielt sich mit ihr, wie immer sie das auch anstellte.

Lotte richtete sich auf und schwang ihre Beine über den Bettrand. „Frühstück?" frage Torosa hinter ihr. „Ja, Frühstück." Lotte sah sich nicht um, denn sie hatte keine Zweifel mehr, dass diese Katze so eine Art Zauberkatze war.

Ächzend erhob sich und schlurfte in die Küche. Sie widerstand ihrem Impuls, Kaffee aufzusetzen, sondern spülte erst die goldgeränderte Schüssel, füllte sie mit den übrig gebliebenen Erdbeeren von gestern, goss den Rest der Schlagsahne darüber und stellte die Schüssel für Torosa auf den Tisch.

Danach kochte sie Kaffee für sich selbst. Als sie sich umdrehte, saß Torosa bereits possierlich auf dem Stuhl vor ihrer Schüssel, fraß jedoch nicht. „Was ist?" fragte Lotte. „Schmeckt es dir nicht?" Torosa schüttelte kaum merklich den Kopf. „Ich warte auf dich", antwortete sie. „Meinst du etwa, unsereiner hätte keine Erziehung?"

„Nein, auf so einen Gedanken wäre ich niemals gekommen", murmelte Lotte entschuldigend. Dann füllte sie den fertigen Kaffee in eine Tasse und setzte sich zu Tisch.

Lotte trank ihren Kaffee und betrachtete nachdenklich Torosa, die ohne Hast ihre Erdbeeren fraß.

Was wäre, wenn sie die Katze behielte? Weihnachten stand vor der Tür und sie war ganz allein. Das waren bereits die dritten Weihnachten ohne ihren Mann. Ihre Schwester und ihre Kusine würde sie erst zu Ostern wiedersehen, denn sie hatte die beiden doch recht heftig beleidigt. Und Freunde hatte sie nicht. Nicht, dass sie welche gebraucht hätte. Oh nein! Sie kam schon allein zurecht. Aber manchmal drückte sie schon die Einsamkeit, obwohl sie das sich selber gegenüber nur sehr ungern zugab. Wenn sie die Katze behielte, hätte sie doch etwas Gesellschaft, und nebenbei hätte sie eine gute Tat getan, wenn sie ein heimatloses Geschöpf bei sich aufnahm. Und eine gute Tat konnte nie schaden, fand Lotte. Man konnte immerhin nicht wissen, ob es nicht doch so etwas wie eine himmlische Gerechtigkeit gab.

„Soll ich dich behalten, Torosa?" fragte sie unvermittelt.

Torosa hob den Kopf und wandte Lotte ihr kleines sahneverschmiertes Gesicht zu. „Mich behalten?" fragte sie erstaunt. „Wie stellst du dir das vor?" „Ja, aber…ich dachte…", Lotte war etwas verwirrt und wusste nicht, was sie sagen sollte, und das passierte ihr selten. „Du kannst mich doch nicht einfach behalten. Ich bin doch kein Möbelstück!" Torosa runzelte unwillig die Stirn. „Ja, aber ich dachte…", begann Lotte noch einmal. „Denk nicht so viel", unterbrach Torosa sie, „versuch es einfach mit einer höflichen Einladung."

Das fand Lotte denn doch ziemlich unverschämt. Sie öffnete den Mund, um Torosa eine entsprechende Zurechtweisung zu erteilen. „Ja?" frage Torosa freundlich. „Möchtest du etwas sagen?" Lotte atmete tief aus. „Wärst du einverstanden, bei mir zu wohnen, Torosa?" Eigentlich hatte sie etwas ganz anderes sagen wollen, aber sie wunderte sich kaum noch über sich selbst.

Torosa antwortete nicht sofort. „Wohnen?" fragte sie dann gedehnt. „Nun, so weit wollen wir denn doch nicht planen. Aber ich könnte zumindest bis 11. Januar bleiben." Nach einer kurzen Pause fügte sie noch hinzu: „Du hast es weiß Gott bitter nötig, dass ich bleibe."

Lotte zog scharf die Luft durch die Nase und setzte zu einer gehörigen Antwort an. Dann atmete sie wieder aus und fragte friedfertig: "Warum gerade bis 11. Januar?" Doch darauf erhielt sie keine Antwort.

Mittlerweile hatte es sehr heftig zu schneien begonnen. „Gut, dass ich heute nicht aus dem Haus muss", dachte Lotte. Doch dann fiel ihr Blick auf Torosa. Und im selben Augenblick wusste sie, dass das nicht stimmte. Erdbeeren und Schlagsahne! *Ja, ja, Torosa, spar dir deinen hungrigen Blick. Ich hätte schon von alleine daran gedacht.*

Am Abend saßen sie einander im Wohnzimmer gegenüber. Sie hatten bereits zu Abend gegessen und Lotte strickte an einem Schal. Torosa tat nichts. Im Schein der Stehlampe leuchtete ihr Fell blauer denn je. "Weihnachten", murmelte sie plötzlich und blinzelte Lotte an. "In drei Tagen ist Weihnachten. Wir müssen noch Weihnachtsgeschenke kaufen."

Lotte ließ ihr Strickzeug sinken und starrte ins Leere.

"Geschenke?" fragte sie nach einer Weile langsam. "Ich kaufe niemals Geschenke. Ich wüsste auch gar nicht, wozu und für wen." Herausfordernd sah sie Torosa an. Doch die antwortete nicht.

Lotte nahm ihr Strickzeug wieder auf und strickte wie besessen weiter. Was glaubte Torosa eigentlich? Lotte wusste schon, was sie tat. Sie machte keine Geschenke und sie bekam auch keine Geschenke. Und sie brauchte auch keine! Die Leute im Haus wollten sowieso nichts mit ihr zu tun haben, und ihre Schwester und ihre Kusine hielten wahrscheinlich auch nicht viel von ihr. Sie hatte ihr Leben immer schon so gelebt. Oder zumindest schon lange Zeit. Und sie war gut damit gefahren. Auch an die Einsamkeit hatte sie sich gewöhnt.

"Manchmal ist es hilfreich, seine Entscheidungen neu überdenken", hörte sie plötzlich Torosa. "Manchmal genügt eine Kleinigkeit, die man anders macht, und alles ist anders. Und einsam ist man immer nur dann, wenn man sich selbst dafür entscheidet."

Lotte sah verwirrt auf. An diese Gedankenleserei von Torosa war sie noch nicht gewöhnt. "Einfach etwas anders zu machen", murmelte Torosa, "einfach etwas zu tun, was man sonst nie tut, kann alles verändern. Es wäre einen Versuch wert."
Nein, darüber wollte Lotte gar nicht erst nachdenken. Ganz bestimmt nicht. Dennoch ging ihr das, was Torosa gesagt hatte, nicht aus dem Kopf.
"Wer bist du eigentlich, Torosa?" fragte sie nach einer Weile. "Na, eine Katze", antwortete Torosa heiter, "das sieht man doch, oder?" Lotte schüttelte den Kopf. "Du bist keine normale Katze. Vielleicht bist du eine Fee, oder eine Elfe oder ein Engel oder so." Torosa lächelte nur.

In dieser Nacht konnte Lotte lange nicht einschlafen. Ächzend wälzte sie sich von einer Seite auf die andere, und es war ihr nicht möglich, die Gedanken in ihrem Kopf abzustellen. Entscheidungen überdenken? Etwas anders machen? Was Torosa wohl damit gemeint haben mochte? Was sollte ausgerechnet sie denn anders machen? Zugegeben – einsam fühlte sie sich manchmal schon. Aber das war doch nicht ihre Schuld. Und schon gar nicht ihre Entscheidung! Da war Lotte sich ganz sicher. Sie hatte einfach Pech und kannte die falschen Menschen. Ihre Schwester und ihre Kusine, die partout immer Recht haben wollten. Ihre Nachbarn, die das Haus mit ihren lauten, ungezogenen Kindern bevölkerten. Nein, nein, sie hatte einfach Pech. Und es war immer noch besser, einsam zu sein, als sich mit frechen Kindern und streitsüchtigen Verwandten herumzuärgern. „Also DOCH deine Entscheidung!" hörte sie Torosas Stimme ganz nah an ihrem Ohr. Lotte zuckte zusammen. Warum kümmerte sich diese unmögliche Katze nicht um ihre eigenen Angelegenheiten? Schließlich fiel sie in einen unruhigen Schlaf.

Als sie am nächsten Morgen die Augen aufschlug, war es noch fast dunkel. Neben ihr auf dem Kissen saß Torosa und sah sie goldgelbäugig an. Lotte räusperte sich. „Nun ja, man könnte ja die Schwester und die Kusine anrufen. Aber ich fürchte, das bringt nichts. Das führt wieder nur zu Streit. Und für so viel Aufregung bin ich einfach zu alt." Torosa schwieg. „Und die Nachbarn", fuhr Lotte fort, „ich fürchte, wenn man ihnen den kleinen Finger reicht, nehmen sie die ganze Hand. Man weiß ja, wie die Leute sind." „So", sagte Torosa ruhig, „das fürchtest du also. Und was tätest du, wenn du nichts fürchtetest?

Ja, was täte sie tatsächlich, wenn sie nichts fürchtete? Nachdenklich starrte Lotte an die Decke. Was könnte man nicht alles tun, wenn man nichts fürchtete! Sie würde ihre Schwester und ihre Kusine anrufen, und ihnen frohe Weihnachten wünschen. Den Nachbarskindern würde sie neue Mützen stricken. Zu Kaffee und Kuchen würde sie die ganze Familie einladen. Mit den Kindern spielen könnte sie. Und spazieren gehen. Ja, richtig anfreunden würde sie sich mit ihnen. Aber das ginge ja alles nicht, denn sie fürchtete eben…

„Ich fürchte dies, ich fürchte das", sprach Torosa mitten in ihre Gedanken, „wozu soll das viele Fürchten eigentlich gut sein? Macht es dein Leben leichter? Schöner? Fröhlicher?" Lotte blickte Torosa überrascht an. „Nein, natürlich nicht", antwortete sie verwirrt. „Und worauf wartest du dann noch?" fragte Torosa. Lotte runzelte die Stirn und dachte angestrengt nach.

Plötzlich überzog ein Lächeln ihr Gesicht. Torosa hatte Recht. Worauf wartete sie eigentlich?
Schwungvoll setzte sie sich auf. „Torosa", sagte sie, „lass uns aufstehen, wir haben viel zu tun. Wir fahren in die Stadt und kaufen Geschenke." Torosa sprang auf und leuchtete und strahlte so blau, dass der ganze Raum in blaues Licht getaucht war. „Gute Idee", schnurrte sie, „das tun wir."
Eine halbe Stunde später machten sie sich auf den Weg. "Weißt du", erzählte Lotte während sie die Treppe hinunter kletterten, "ich glaube, die Nachbarn haben nicht viel Geld. Wir werden für die Kinder Mützen kaufen, denn zum Stricken ist es schon zu spät. Und vielleicht einige Spielsachen oder Bücher. Und Schokolade."

Als sie am Abend mit Schachteln und Päckchen beladen wieder nach Hause kamen, fühlte Lotte sich froh und glücklich wie lange nicht mehr. Sie hatten für die Nachbarskinder Mützen gekauft. Und Spielsachen und Bücher. Und auch Schokolade. Genauso wie Lotte es vorgehabt hatte. Und eine Teekanne und Teetassen

für die Eltern. Den ganzen Abend verbrachte Lotte mit dem Einpacken der Geschenke. Ob die Nachbarn wohl eine Einladung zu Kaffee und Kuchen am ersten Weihnachtsfeiertag annehmen würden? "Frag sie einfach", sagte Torosa.
Ja, genau das würde sie tun.
„Und vergiss nicht, deine Schwester und deine Kusine anzurufen, um ihnen frohe Weihnachten zu wünschen", fügte Torosa noch hinzu.
„Nun, ich fürchte…."
Weiter kam Lotte nicht. „Ruf sie an!" Torosa war unerbittlich. "Ja, ich ruf sie an", seufzte Lotte. Diese Katze hatte etwas Tyrannisches an sich.

Am Weihnachtsmorgen hatte Lotte vor, die Geschenke zu den Nachbarn zu bringen. "Torosa", fragte sie unsicher, "Was meinst du? Wird es ihnen überhaupt Recht sein? Ich war nie besonders freundlich zu ihnen." Aber von Torosa war diesbezüglich keine Hilfe zu erwarten. "Geh hin und finde es heraus", antwortete sie kurz.

Zwei Minuten später stand Lotte mit Päckchen beladen vor der Wohnungstür der Nachbarn. Ihr Herz klopfte bis zum Hals. Zögernd drückte sie ihren Finger auf den Klingelknopf.

Tage später dachte Lotte noch an diesen ganz besonderen Weihnachtsabend zurück. An die Freude der Familie – nicht nur über die Geschenke, sondern einfach darüber, dass sie gekommen war - und an die Freundlichkeit und Offenheit, mit der sie sie aufgenommen hatten.
Seither hatte Lottes Leben sich verändert. Diese Menschen in der Nebenwohnung waren zu Freunden geworden. Besonders die Kinder ließen keine Einsamkeit mehr in Lottes Leben aufkommen.
Morgen wollte ihre Schwester zu Besuch kommen. Lotte freute sich, denn sie hatte ihre Schwester sehr gern. Und mit ihrer lieben Kusine hatte sie in der letzten Woche dreimal telefoniert. Warum sie sich früher nicht miteinander vertragen hatten, konnte Lotte gar nicht mehr verstehen.
Wie war ihr Leben doch schön geworden.

Behaglich lehnte sie sich in ihrem Sessel zurück und lächelte.
Da fiel ihr Blick auf den Kalender. Es war der 11. Januar. Lotte erschrak. Torosa! Wo war Torosa?
„Sagte ich nicht von Anfang an, dass ich nur bis zum 11. Januar bleiben würde?" ertönte Torosas Stimme in ihrem Kopf.
Langsam wandte Lotte den Kopf zur Sofaecke. Torosas Platz war leer. Nur ein zarter blauer Schimmer war zurückgeblieben.
Und irgendwann verschwand auch der.

Zahra

Nichts gräbt sich nachhaltiger ins Gedächtnis ein, als wenn sich immer gleiche Abläufe plötzlich und ohne Vorankündigung verändern. Das mag wohl der Grund sein, warum ich mich heute noch in allen Einzelheiten an diesen denkwürdigen Tag exakt vor sechs Jahren erinnere.

 Leise und rasch öffnete sie Tür und huschte wie ein Schatten durch die Wirtsstube bis zu dem kleinen Tisch in der hintersten, dunkelsten Ecke des Lokals, den der Wirt ihr täglich freihielt.

Sie kam immer um die Mittagszeit. Seit Jahren das gleiche Ritual. Ein gemurmelter Gruß – und ohne nach links oder rechts zu sehen, glitt sie geschwind durch die Wirtsstube, nahm ihren Platz ein und ließ sich vom Wirt eine Bratwurst mit Kartoffelsalat bringen. Sie saß sehr aufrecht und aß hastig. Danach wischte sie sich zierlich mit einer Papierserviette den Mund ab und bestellte täglich mit der gleichen Beharrlichkeit: „Ein Glas Portwein bitte!" Ansonsten sprach sie nicht. Jedoch täglich – fast wie ein Ritual – der gleiche Satz: „Ein Glas Portwein, bitte". Portwein gab es hier nicht. Hans-Friedrich, der Wirt der „Blauen Traube" kannte seine Stammgäste und er wusste, was die wollten. Portwein war nicht darunter. Und auch die wenigen Fremden, die kamen, wollten keinen Portwein. Also täglich ein bedauerndes Kopfschütteln, ein Augenzwinkern: „Darf's vielleicht stattdessen ein Glas von meinem Eigenbau sein?"

Und jedes Mal sah sie ihn unsicher an und zuckte etwas hilflos die Schultern. Hans-Friedrichs Eigenbau wollte sie nicht. Dann bezahlte sie und verließ die Gaststube mit den gleichen kleinen, huschenden Schritten, mit denen sie gekommen war. Es war täglich das Gleiche.

Jeder in diesem Vorstadtwirtshaus kannte sie. Jedoch keiner kannte ihren Namen. Sie wohnte schon seit mehreren Jahren hier, doch hatte keiner jemals versucht, ein Gespräch mit ihr zu beginnen. Eine Aura der Vornehmheit umgab sie, die die gewöhnlichen Wirtshausbesucher von vorneweg auf Abstand hielt.

Doch an diesem Tag war es anders.

Es waren nur wenige Gäste im Lokal, denn es war der Heilige Abend. Kaum einer hatte heute Zeit für einen Wirtshausbesuch. Christbäume waren zu schmücken, letzte Einkäufe zu erledigen, Geschenke zu verpacken und ungeduldige, quengelige Kinder zu beschäftigen und zu vertrösten. Nur einige Unverdrossene lungerten vor ihren halbvollen Biergläsern herum. Es mochte wohl so mancher Einsame darunter sein, der da hockte und in Bier und Selbstmitleid fast ertrank. Vielleicht auch der ein oder andere „Weihnachtsstress-Flüchtling", der sich erst nach Hause wagen würde, wenn er sicher sein konnte, dass die Gans gebraten, der Weihnachtsbaum geschmückt, die Geschenke verpackt und die Kinder geschnäuzt und gebügelt in Reih und Glied aufgestellt sein würden.

So saß sie also da an ihrem Platz und verzehrte hastig wie immer ihre Bratwurst. Und wie jeden Tag huschten ihre suchenden Bliche nach vollendetem Mahl zu Hans-Friedrich, der auch sofort herbeieilte.

„Ein Glas Portwein, bitte!"

Und nun begann die Geschichte, die keiner von uns je vergessen wird. Hans-Friedrich setzte sein strahlendstes Weihnachtslächeln auf und deutete eine Verbeugung an. „Jawohl, kommt sofort!"

Sie schnappte nach Luft. Fassungslos und mit weit aufgerissenen Augen starrte sie ihn an. Plötzlich wirkte sie noch kleiner und hilfloser als sonst. Ihre weiße Bluse schlotterte um ihren mageren Oberkörper. Sie musste Mitte Fünfzig sein, aber als ich sie ansah, dachte ich an Schneewittchen. Ihr schwarzes, glattes Haar sah aus, als verstünde der Friseur sein Handwerk nicht besonders gut. Das Rouge auf ihren Wangen leuchtete etwas zu rosa, und ihr Lippenstift etwas zu rot. Ihre geradezu rührende Würde und ihre mädchenhafte Naivität ließen sie jünger und gleichzeitig älter erscheinen.

Hans-Friedrich hatte ihr – weil Weihnachten war - eine Freude bereiten wollen und eine Flasche Portwein für sie besorgt. Er wollte sich eben umwenden, um das Gewünschte zu bringen, doch da begegnete er ihrem Blick. Überrascht hielt er inne und sah sie an.

Sie saß da und brachte immer noch kein Wort hervor. Es waren nur wenige Gäste im Lokal, doch alle Blicke waren auf sie gerichtet. Langsam zog Hans-Friedrich einen Stuhl heran und setzte sich zu ihr. Wartend sah er in ihr Gesicht. Sie saß stumm mit weit aufgerissenen Augen da. Ihre Wangen hatten unter dem Rouge eine ungesunde, rote Färbung angenommen. „Ist Ihnen nicht gut?", fragte Hans-Friedrich besorgt.

Sie schien ihn nicht gehört zu haben. Monoton wiederholte sie ihren Satz von vorhin: „Ein Glas Portwein, bitte." Hans-Friedrich öffnete den Mund, schloss ihn jedoch wieder. Dann antwortete er langsam und bedächtig, so dass jedes Wort genau zu verstehen war: „Hmm... darf's vielleicht stattdessen ein Glas von meinem Eigenbau sein?"

Sie atmete hörbar aus und entspannte sich. Ihr Gesicht nahm wieder eine normale Färbung an. Die unnatürliche Stille, die in der Gaststube geherrscht hatte, zerbrach in erleichtertes Gemurmel.

Und plötzlich begann sie zu sprechen. „Wissen Sie", begann sie langsam, „ich habe die Dinge gerne so, wie ich sie gewöhnt bin. Veränderungen machen mir Angst." Hans-Friedrich sah sie aufmerksam an und wartete, dass sie weitersprechen möge.

„In meinem Leben ist immer alles gleich", fuhr sie etwas lebhafter fort, „um 8 Uhr stehe ich auf und frühstücke. Eine halbe Tasse Kaffee, ein Stück Brot mit etwas Butter und einer Scheibe Käse. Dann räume ich meine Wohnung auf und putze ein Fenster. Jeden Tag ein Fenster. Ich habe vier davon in meiner Wohnung. In vier Tagen bin ich also damit fertig und beginne von vorn. Nachmittags gehe ich im Park spazieren. Oder ich trinke Tee und lese ein Buch." Sie sah gedankenverloren auf ihre Hände. „Veränderungen machen mir Angst", wiederholte sie.

Nervös griff sie nach ihrer Tasche und begann darin zu kramen. Endlich hatte sie gefunden, wonach sie gesucht hatte. Sie zog ein kleines Bild in einem silbernen Rahmen hervor. Kurz zögerte sie, dann reichte sie es Hans-Friedrich. Er sah das Foto aufmerksam an.

„Ist das Ihre Tochter?", fragte er dann. Sie begann, monoton vor sich hin zu nicken, es war jedoch nicht klar, ob das Nicken die Antwort auf Hans-Friedrichs Frage war. Und dann plötzlich - ohne jemanden anzusehen begann sie zu erzählen: „Zahra ist sozusagen ein ‚Urlaubsmitbringsel'. Sayed, ihr Vater, war damals wohl einer der schönsten Männer von Karthago." Sie lächelte in der Erinnerung versonnen vor sich hin.

„Die Affäre mit Sayed endete mit dem Ende meines Urlaubs. Und sechs Monate später – genau am Heiligen Abend – kam Zahra zur Welt. Auf den Tag um drei Monate zu früh. Ich schrieb Sayed von der Geburt seiner Tochter. Er versprach, so bald wie möglich zu kommen. Aber er kam nicht.. Einige Briefe gingen noch hin und her. Dann hörte ich nichts mehr von ihm."

Sie blickte nachdenklich vor sich auf den Tisch. „Zahra war anders als andere Kinder. Vom ersten Tag an war sie anders. Sie hatte große schwarze Augen, und als die Hebamme sie mir in den Arm legte, sah sie mich an, als hätte sie sich nur hierher verirrt und wüsste nicht recht, was sie hier sollte! Ich konnte es ihr auch nicht sagen." Sie schwieg lange.

In der Gaststube war wieder Stille eingekehrt. Man hätte ein Haar fallen hören können. Alle lauschten gebannt.

„An ihrem ersten Geburtstag konnte sie weder lächeln, noch ein Wort sprechen, noch frei sitzen, und schon gar nicht laufen. Wenn ich sie in eine Ecke des Sofas setzte und sie mit Kissen stützte, blieb sie still da sitzen und verfolgte jede meiner Bewegungen mit ihren großen, schwarzen, vorwurfsvollen Augen. Da saß sie, während ich ihre Geburtstagstorte buk, den Weihnachtsbaum für sie schmückte und ihre Geschenke verpackte. Und genauso saß sie da, wenn ich die Kerzen am Baum anzündete und Weihnachtslieder für sie sang." Sie schwieg und blickte geistesabwesend auf ihre Hände.

„Genau so blieb es auch. Nichts veränderte sich. Genauso war es ein Weihnachten später, und genauso war es die Jahre danach."

Die Dämmerung war mittlerweile hereingebrochen, und so manch einer hätte sich wohl auf den Heimweg zu machen gehabt. Jedoch keiner konnte sich aufraffen. Draußen hatte es zu schneien begonnen, und es war, als ob die Dunkelheit durchs Fenster in die Stube kröche.

„So ging die Zeit dahin, und nichts änderte sich", sprach sie weiter. „Zahra wuchs wenig. Sie blieb klein und zart. Und immer war sie ein wenig kränklich. Und dann kam dieser denkwürdige Heilige Abend. Es war Zahras siebenter Geburtstag. Es schneite ohne Ende, und die Dämmerung war früher als sonst hereingebrochen. Ich buk wie immer den Kuchen und schmückte den Baum. Zahra saß auf dem Sofa und sah mich an. Aber sie wirkte irgendwie verändert. Lebhafter, als sonst. Interessierter. Und immer wieder sah sie zur Tür, als ob sie jemanden erwartete.

Sie schwieg und starrte blicklos zum Fenster hinaus in eine nur für sie sichtbare Vergangenheit.

„Und weiter?" fragte Hans-Friedrich, als die Stille begann, drückend zu werden.

Sie schrak auf und sah ihn verwirrt an. Dann fasste sie sich. „Sayed kam an diesem Abend". Ihre Finger zerzupften nervös die Papierserviette in winzige Fitzelchen. „Zahra muss das gespürt haben. Aber für mich kam es völlig überraschend. Plötzlich war er da. Und er blieb. Mit einem einzigen Blick erfasste er mein und Zahras Leben und ergriff, ohne auch nur mit der Wimper zu zucken, davon Besitz.

Wie ein Zyklon fegte er in unser wohlgeordnetes Dasein und füllte jeden Winkel mit seiner unglaublich lauten, lärmenden Präsenz. Von diesem Tag an wurde alles anders. Nichts blieb, wie es war.

Zahra betete Sayed geradezu an. Womit keiner gerechnet hatte, geschah. Sie begann richtig aufzublühen. Ihr Zustand schien sich täglich zu verbessern. Nie hatte sie gelächelt. Doch wenn sie IHN ansah, lächelte sie. Ich war glücklich über ihre Fortschritte, und dennoch schmerzte es mich, dass ihm mit seinem oberflächlichen Charme gelungen war, was meine jahrelange Liebe und Fürsorge nicht vermocht hatten. Ich wollte, das Sayed wieder ging und alles so werden würde, wie es gewesen war. Ich wünschte ihn zum Teufel. Nun, mein Wunsch erfüllte sich schneller, als ich gedacht hatte. Sayed blieb nicht einmal ein halbes Jahr. Und als er ging, nahm er sie mit."

Keiner sagte ein Wort. Alle blickten betreten drein.

„Die Suche nach ihnen blieb vergebens. Sie waren wie vom Erdboden verschluckt," fuhr sie fort. „Aber was hätte es genützt, hätte man sie gefunden? Zahra hatte sich für ihn entschieden. Für ihn ist sie gesund geworden."

Hans-Friedrich räusperte sich. Er wollte etwas sagen, aber offensichtlich fiel ihm nichts Gescheites ein. Er zögerte kurz, dann stand er auf und zündete an dem etwas schiefen Fichtenbäumchen, das er in einer Ecke der Wirtsstube aufgestellt hatte, die Kerzen an.

Sie wandte ihren Blick den brennenden Kerzen zu, aber es war, als sähe sie durch sie hindurch.

„Es dauerte lange, bis ich gelernt hatte, ohne Zahra zu leben. Erst langsam begann ich mich aus der Erstarrung zu lösen, die mich ergriffen hatte. Mechanisch begann ich wieder die Dinge zu tun, die ich immer getan hatte. Täglich gleich, um nicht nachdenken zu müssen.

Ihre Worte hingen schwer im Raum. Ich hätte gerne etwas Tröstendes gesagt. Aber mir fiel nichts ein. Den anderen dürfte es wohl ebenso ergangen sein.

„Fünfzehn Jahre", sagte sie in die Stille, „fünfzehn Jahre lebe ich nun allein. . Ich bin wohl etwas sonderbar geworden mit der Zeit. Ein menschenscheuer Einzelgänger. Immer noch hoffe ich, dass er sich zurückbringt. Und gleichzeitig fürchte ich es. Ich bin doch mittlerweile eine Fremde für Zahra!" Sie zögerte lange, dann fügte sie kaum hörbar hinzu: „Es würde mir schon genügen, zu wissen, dass es ihr bei Sayed gut geht!"

Sie verstummte und blickte hilflos in die Runde - überrascht von ihrer eigenen Gesprächigkeit. Und in jedem Blick, dem sie begegnete, fand sie Anteilnahme und Mitgefühl. Sie hatte diese Geschichte wohl noch niemals in dieser Offenheit und Ausführlichkeit erzählt, und irgendwie schien sie erleichtert. Sie lächelte. Ein unbeholfenes, ungeübtes Lächeln. Es schien, als sei es das erste seit langer Zeit. Und aus den Gesichtern aller Anwesenden strahlte ihr ein warmes, herzliches Lächeln zurück. Selbst die Kerzen auf Hans-Friedrichs mickrigem Fichtenbäumchen schienen plötzlich doppelt so hell zu leuchten und die Stimmung war so weihnachtlich, wie sie nur konnte.

Es wäre schön, könnte ich nun von einem Weihnachtswunder erzählen. Von dem Wunder, dass Sayed Zahra zurückgebracht habe. Aber das kann ich nicht, denn das hat nicht stattgefunden Zumindest nicht an diesem Abend. Es wäre jedoch keine befriedigende Weihnachtsgeschichte, wenn nicht zumindest ein anderes Wunder an diesem Abend seinen Anfang genommen hätte. Das Wunder eines völlig vereinsamten, in sich zurückgezogenen und in Eintönigkeit erstarrten Menschen, der plötzlich den ersten Schritt zurück ins Leben gewagt hatte.

Ihre Geschichte musste in der Nachbarschaft wohl die Runde gemacht haben, denn ich hatte noch ein Weilchen Gelegenheit, mitzuerleben, mit wie viel Dankbarkeit sie die Wärme und das Mitgefühl aufnahm, das ihr plötzlich von allen Seiten entgegenschlug und wie sie von diesem Abend an Schritt für Schritt ihre Lebensfreude wiedergewann. Selbst Hans-Friedrichs

Eigenbau trank sie mit täglich wachsender Begeisterung.

Ich bin bald darauf aus dieser Gegend weggezogen, und ob sie ihre Tochter Zahra je wiedergesehen hat, das weiß ich nicht. Auch ob es stimmt, dass sie Hans-Friedrich geheiratet hat, weiß ich nicht. Denn dieses Gerücht erreichte mich erst, als ich schon lange nicht mehr hier wohnte. Nun, ob so oder so – tief in mir drinnen weiß und spüre ich, dass sie letztendlich glücklich geworden ist.

CAMILLO

Man ist schon gestraft, wenn man Camillo heißt. Was sich seine Eltern dabei gedacht hatten, das konnte sich Camillo beim besten Willen nicht vorstellen. Ansonsten waren sie ja ganz in Ordnung. Aber für diesen Namen gab es einfach keine Entschuldigung. Er durfte gar nicht daran denken, wie der neue Englischlehrer sich das Grinsen verbeißen musste, als er seinen Namen aufgerufen hatte. Und an Tagen wie diesem waren solche lebenserschwerenden Umstände eben noch unerträglicher als sonst. Gott sei Dank war es der letzte Schultag vor den Weihnachtsferien. Das war zumindest ein Trost.

Verbissen strampelte Camillo in die Pedale. Die Kapuze seiner Jacke hatte er tief in die Stirn gezogen. Dennoch schlug ihm der Regen ins Gesicht und er sah kaum noch durch seine Brillengläser. Das war wahrlich nicht sein Tag heute. Erst hatte er seinen Englischtest total versemmelt, obwohl die Fehler, die er gemacht hatte, seiner Ansicht nach bei weitem nicht so katastrophal waren, wie sein Lehrer das behauptet hatte.

Dann hatte Tom – den er bis heute um elf Uhr zweiundzwanzig für seinen besten Freund gehalten hatte - sich mit Leo zum Fußballspielen in der Sporthalle verabredet. Ausgerechnet mit Leo, der seit dem Kindergarten Camillos ärgster Feind war. Und keiner hatte ihn auch nur mit einem Wort aufgefordert, mitzukommen. Aber bitte! Er brauchte Tom nicht. Er brauchte überhaupt niemanden. Kein Wort würde er mit Tom mehr reden. Kein einziges Wort. Sollte der sich doch mit Leo verbünden. Er brauchte ihn wirklich nicht. Und dann hatte da zu allem Überfluss auch noch Susanna gestanden, der niemals etwas entging, und die ihn durch ihre dämlichen runden Brillengläser mitleidig angeguckt und altklug gesagt hatte: „Mach dir nichts daraus, Camillo. Es gibt Schlimmeres, als einmal nicht mitspielen zu dürfen". Nicht mitspielen dürfen! Was verstand denn dieses Frauenzimmer schon von Männerfreundschaften und Fußball?

Und gerade als Camillo gedacht hatte, der Tag könne schlimmer nicht mehr werden, begann es wie aus Eimern zu schütten. Der Gedanke, dass er heute Morgen mit dem Fahrrad zur Schule gefahren war und somit auch mit dem Fahrrad wieder nach Hause fahren musste, war keineswegs erbauend, ließ sich aber leider nicht verdrängen. Und das alles nur, weil sein Vater es sich in den Kopf gesetzt hatte, dieses Pippi-Langstrumpf-Haus irgendwo in der Pampa zu kaufen. Eine alte, etwas vergammelt aussehende Villa in einem riesigen Garten voller alter Bäume. Hier wohnte nun die ganze Familie, welche aus Camillo, seinen Eltern, seinen beiden Brüdern, seiner Schwester und den Großeltern bestand. Gewöhnlich nahm sein Vater ihn morgens mit in die Stadt, wenn er zur Arbeit fuhr. Aber heute war Camillo zu spät dran gewesen, und so hatte sein Vater nicht auf ihn gewartet.

Das Haus war leer, als Camillo zu Hause ankam. Er schüttelte sich wie ein nasser Hund und zog dann seine Jacke aus. Klar! Die Familie war natürlich wieder mal ausgeflogen und amüsierte sich. Sein Vater, der Arzt war, war wie immer um diese Zeit im Krankenhaus und heilte wie ein Besessener alle möglichen Leute. Seine Mutter hatte soweit nichts zu tun. Sie war nichts weiter als Mutter, renovierte ständig am Haus herum, räumte ungebeten Camillos Zimmer auf und beförderte Paul und Jakob, Camillos dreijährige Brüder, durch die Gegend. Also waren sie jetzt vermutlich beim Kinderarzt oder in der Baby-Schwimmtruppe, beim Kleinkindersingen oder weiß der Himmel wo. Vielleicht auch bei einer Mütterdiskussionsrunde in der Konditorei, wo die beiden Chaoten-Babys wie er seine Brüder zu nennen pflegte, mit Kuchen vollgestopft wurden. Seine Schwester Maike, die Schöne und Gute, die Streberin, die nicht einmal wusste, wie eine schlechte Note überhaupt aussah, war noch in der Schule. Jedenfalls war keiner da. Und die Großeltern – ja die saßen vermutlich im Kino. Er hatte niemals etwas so kinosüchtiges erlebt wie seine Großeltern. Wann immer sie zu Hause nicht zu finden waren, konnte man davon ausgehen, dass sie im Kino saßen. Wenn sie sich wenigstens altersgemäße Filme angesehen hätten, wie zum Beispiel „Der Förster vom Silberwald" oder wie solche Filme eben hießen, dann hätte man das ja noch akzeptieren können. Aber nein, in jedem Gruselschocker saßen sie, und zwar inmitten seiner Klassenkameraden. Die durften nämlich in solche Filme. Deren Eltern waren nicht so pingelig wie seine.

Er schlurfte mit seinen nassen Klamotten in sein Zimmer und warf sich aufs Bett. Ihm war kalt, aber das kümmerte ja sowieso keinen. Vermutlich würde er krank werden. Todkrank. Das hätten seine Eltern dann davon.
So lag er da und litt böse vor sich hin. Irgendwann musste er sich eingestehen, dass sein Leiden so ganz ohne Publikum keinen Sinn hatte, und so stand er auf, zog sich trockene Sachen an und ging in die Küche, um sich ein Brot zu streichen. Half ja doch nichts. Die würden es ja auch nicht bemerken, wenn er verhungerte!

Da! Rumms! Haustür auf! Rumms! Haustür zu! So betrat nur Maike das Haus! Gleich darauf flog die Küchentür auf. „Na, wie war der Englisch-Test, Brüderchen?" Maike machte ein übertrieben mitleidiges Gesicht, trat auf ihn zu, nahm ihm sein fertig gestrichenes Brot aus der Hand und biss genussvoll hinein. „Hast du die Note bekommen, die du verdient hast? Dann möchte ich in deiner Haut nicht stecken!" Damit verließ sie grinsend mit seinem Brot in der Hand die Küche. Blöde Kuh!

Gerade als er dabei war, sich ein neues Brot zu streichen, hörte er die Haustür abermals. „Maike! Camillo! Seid ihr schon zu Hause?" tönte die Stimme seiner Mutter durchs Haus. „Ich bin in der Küche!" schrie er zurück. Da stürmten sie auch schon zur Tür herein, seine Mutter und die Chaotenbrüder. „Ach, da bist du ja! Wie war der Englisch-Test?" Seine Mutter lächelte ihn an, trat auf ihn zu und nahm ihm sein Brot aus der Hand, ging zum Küchenschrank und schnitt es in zwei Teile. Dann reichte sie je eine Hälfte Jakob und Paul. „Du kannst dir ja ein neues machen, nicht wahr? Und, wie sagtest du noch mal, war der Englischtest?" Himmel noch mal, kann denn die ganze Welt von nichts anderem reden als von diesem bescheuerten Englischtest? „Nicht so gut", murmelte er und verließ die Küche.

Am Abend saßen sie dann alle um den Esszimmertisch. Es gab Fischstäbchen mit Kartoffelsalat. Naja, es hätte schlimmer kommen können. Gemüseeintopf zum Beispiel. Die Großeltern erzählten begeistert von dem Film, in dem sie gewesen waren. Jakob und Paul stritten um die Fischstäbchen. Mutter redete von den Weihnachtseinkäufen und Maike erzähle von ihren Erfolgen in der Schule. Plötzlich blickte sein Vater von seinem Teller auf. „Camillo, wie ist eigentlich der Englischtest ausgefallen?" Mensch! Das musste natürlich sein während des Essens. Doch da rettete ihn sein Großvater, indem er aus heiterem Himmel zu singen begann „If you happy and you know it clap your hands….". Und nahezu gleichzeitig warf Paul ein Fischstäbchen nach Jakob, der sofort wie am Spieß zu brüllen begann. Vater machte ein hilfloses Gesicht, Mutter beruhigte die beiden Chaotenbabys und Maike raunte ihm zu: „Nochmal Glück gehabt, was?"

Am Abend lag Camillo lange wach. Er hatte nun Ferien, Weihnachten stand vor der Tür, jedoch er konnte sich nicht richtig freuen. Der Tag schien ihm sowas von missglückt. Alles, aber auch alles war schiefgelaufen. Am liebsten hätte er geweint. Und in seinem Weltschmerz hätte er die leise Stimme in seinem Kopf fast überhört, die da flüsterte: „Was ist eigentlich schief gelaufen? Du hast den Englischtest nicht geschafft und es hat geregnet. War sonst noch was? Nun, der Englischlehrer hat gegrinst über deinen Namen. Aber das ist nicht wichtig. Deine Eltern sind eigentlich keine Monster, und Maike ist ja meist auch recht nett. So nett, wie man eben mit sechzehn zu seinem zwölfjährigen Bruder sein kann. Ach ja, und dann noch Tom und Leo. Nun, das war schon hart. Wenn nur Leo nicht sein Feind wäre! Dann hätten sie vielleicht zu dritt gehen können. Aber diese Feindschaft bestand schon so lange, und irgendwie wollte er sie nicht missen. Er wusste nicht recht, wie das zu lösen sei, aber ihm würde schon was einfallen. Camillo seufzte, drehte sich zur Seite und war bald darauf eingeschlafen.

Über Nacht hatte es zu schneien begonnen. Camillo war früh aufgestanden. Nun stand er in seinem Pyjama am Fenster und sah hinaus in das Schneetreiben. Zwei Dinge wichtige Dinge hatte er heute vor: erstens musste er seinen Eltern die Englischnote bekennen, und zweitens wollte er in die Stadt fahren, um Weihnachtsgeschenke zu besorgen. Seufzend zog er sich an und ging ins Arbeitszimmer seines Vaters. Er wollte diese leidige Geschichte mit der Englischnote noch vor dem Frühstück hinter sich bringen.

Sein Vater saß an seinem Schreibtisch und tippte mit zwei Fingern auf der Tastatur seines Computers herum. Als Camillo zögernd den Raum betrat, sah er auf. „Was gibt's, Camillo?". Als Camillo nicht gleich antwortete, lehnte er sich in seinem Sessel zurück, verschränkte die Hände über dem Bauch und sagte langsam und bedächtig: „Ja, ja, ich weiß. Englisch war noch nie deine Stärke. Aber das ist keine Entschuldigung für deine Faulheit. Wenn ich schlechte Noten hatte, sagte mein Großvater zu mir immer: Wenn nur die begabtesten Vögel singen würden, wäre es still in den Wäldern. Also schüttle deine Faulheit ab, und du wirst sehen, dass du mehr zustande bringst, als du glaubst."

„Woher weißt du…?", stotterte Camillo, „hat Maike …?" „Nein, Maike hat nichts gesagt. Aber dein Gesicht gestern Abend sprach Bände. Also sieh zu, dass du genau das tust, nämlich deine Faulheit abschütteln und etwas mehr zustande bringen."

Damit wandte er sich wieder seiner Arbeit zu. Camillo seufzte erleichtert und verließ das Arbeitszimmer seines Vaters. Das war ja noch mal gutgegangen. So übel war sein alter Herr gar nicht. Er nahm sich vor, sofort nach den Weihnachtsfeiertagen mit dem Lernen zu beginnen.

Als nächstes ging er zu seiner Mutter in die Küche. Die stand da in ihrer grüngepunkteten Schürze über den Jeans, buk Kekse und pfiff ‚Oh Tannenbaum'. „Mama…", sagte er. „Ja, ich weiß", antwortete sie ungerührt, „das nächste Mal, lernst du eben mehr." Und pfiff ‚Jingle Bells'. Camillo starrte seine Mutter an: „Woher weißt du…?" Ach egal. In dieser Familie lebten anscheinend lauter Hellseher.

Gerade als er die Küche verlassen wollte, kam Maike herein. Spöttisch sah sie ihn an. „Ganz schön ätzend, wenn man in den Ferien lernen muss, was? Ich bin ja Gott sei Dank gut in der Schule und somit in der glücklichen Lage, die ganzen Ferien hindurch tun zu können, was ich möchte." Schnappte sich einen frisch gebackenen Keks und tänzelte davon. Camillo war wütend, weil ihm so schnell wieder einmal keine passende Antwort eingefallen war. „Blöde Ziege", knurrte er. „Blöd kann man nicht sagen", sagte seine Mutter etwas geistesabwesend. „Blöd eigentlich nicht."

Trotz seines Ärgers über Maike fühlte sich Camillo nun besser. War ja doch eine ganz ordentliche Familie, die er da hatte. Maike hatte zwar ihre Mängel, und die kleinen Brüder waren manchmal so, dass er sie nicht einmal seinem Erzfeind Leo wünschen würde. Aber dennoch mochte er sie alle gern. Er würde sich ganz besondere Weihnachtsgeschenke für sie ausdenken. Nichts mit Socken, Parfum und Büchergutscheinen. Es musste etwas ganz Besonderes sein. Diese Familie verdiente nur das Beste.

Nach dem Mittagessen kratzte er sein erspartes Geld zusammen und fuhr mit dem Bus in die Stadt. Er würde schon etwas Passendes finden. Ein Hund wäre natürlich etwas Besonderes. Er selber könnte sich kein herrlicheres Geschenk vorstellen als einen Hund. Nur war er sich bei seinen Eltern nicht so sicher. Als er angeregt hatte, einen Hund zu kaufen, als sie in die alte Villa gezogen waren, hatten sie nicht besonders begeistert gewirkt. Doch je länger er darüber nachdachte, desto sicherer wurde er. Ein Hund! Über einen Hund musste sich einfach jeder freuen. Und außerdem müsste er dann nicht für jedes Familienmitglied ein eigenes Geschenk kaufen. Ein Hund wäre schließlich für alle! Je länger er darüber nachdachte, desto sicherer wurde er. Er würde einen Hund kaufen! Seine gesamte Familie würde begeistert sein! Als erstes würde er in die Tierhandlung gehen.

Eine halbe Stunde später stand Camillo enttäuscht auf der Straße. Enttäuscht, aber nicht geschlagen. Die Hunde in der Tierhandlung waren erstens viel zu teuer gewesen. Soviel Geld hatte Camillo nicht. Und zweitens war der Tierhändler nur bereit gewesen ihm einen Hund zu verkaufen, wenn er mit seinen Eltern käme. Aber das ging ja nicht, damit wäre ja die ganze Überraschung im Eimer. Aber Camillo hatte eine Idee. Er würde ins städtische Tierheim gehen. Die waren doch immer froh, wenn jemand ein Tier holte. Aber die freundliche Frau im Tierheim schüttelte bedauernd den Kopf. Leider könne sie keine Tiere an Kinder oder Jugendliche aushändigen. Camillos sämtliche Beteuerungen, dass seine Eltern sicher damit einverstanden seien, und er ohnedies bald achtzehn sei, halfen nichts. Wo sollte er nur einen Hund herbekommen? Nachdenklich starrte er in den Schnee zu seinen Füßen.

Ein kräftiger Schlag auf die Schulter riss ihn aus seinen Gedanken. „Hallo Kumpel!" Vor ihm stand Tom und grinste ihn breit an. Und neben ihm stand Leo. Das verdarb natürlich alles. „Was machst du denn hier in der Stadt?" fragte Tom neugierig. „Ich will ein Weihnachtsgeschenk für meine Familie kaufen", antwortete Camillo und versuchte, Leo nicht anzusehen. Er konnte einfach nicht verstehen, was Tom ausgerechnet an Leo fand.

„Wir gehen zum Weihnachtsmarkt. Komm doch mit!" Camillo schüttelte unwillig den Kopf: „Nein, danke. Erstens bekomme ich dort das Geschenk für meine Familie nicht, und zweitens gehe ich mit dem da…" er deutete mit dem Kinn auf Leo „…überhaupt nirgends hin."

„Ach komm doch", Tom schüttelte den Kopf, „könnt ihr eure alte Kindergartenfeindschaft denn nicht langsam begraben?" „Er hat mir ein Büschel Haare ausgerissen", sagte Camillo. „Ja, und ER hat mir einen Eimer Sand über den Kopf geleert", sagte Leo. „Ja, aber dafür hat ER…" begann Camillo von neuem. „Hört endlich auf", unterbrach Tom „das war im Kindergarten und ihr wart vier Jahre alt!"

Camillo blickte verlegen zu Boden. Tom hatte ja Recht. Das war ja wirklich schon ewig her. Aber das wollte er nicht zugeben. Er seufzte unentschlossen. Doch ehe er etwas sagen konnte, packte Tom ihn am Arm. „Komm schon, Kumpel. Übermorgen ist Weihnachten. Eine gute Zeit, alte Geschichten zu begraben." Camillo sträubte sich etwas, denn es fiel ihm schwer, eine Feindschaft, die schon so lange bestand, einfach aufzugeben. Aber auf diesem „Kindergartenkrieg" zu beharren, wäre ihm dumm vorgekommen, und schließlich nahm ihm Leo die Entscheidung ab, indem er sagte: „Ok, zumindest zu einen Waffenstillstand könnte ich mich entschließen!" Ja, Waffenstillstand fand Camillo auch gut. Viel besser als irgendwelches Friedens- und Freundschaftsgetue. Dass er auf diese Idee nicht selber gekommen war! Und so gingen letztendlich alle drei einträchtig Richtung Weihnachtsmarkt.

Auch wenn Camillo sicher war, hier nicht das geplante Geschenk für seine Familie zu finden – er liebte den Weihnachtsmarkt. Er liebte den Geruch nach Ingwerkeksen, Lebkuchen und heißen Maroni, die bunten Verkaufsstände und die vielen Dinge, die es hier zu sehen gab. Er seufzte. Er hätte hier schon Geschenke für die Eltern, Großeltern und Geschwister finden können. Aber der Gedanke mit dem Hund ließ ihn nicht los.

Leo kaufte einen bunten Schal für seine Schwester, ein rotlackiertes Holzauto für seinen kleinen Bruder und zwei haargleiche orange-gelb gestreifte Strickmützen für seine Eltern.

Auch Tom hatte bereits einiges gekauft. Einen Kompass für seinen Vater und eine handgehäkelte Handyhülle für seine Mutter. Für den Rest seines Geldes waren sich noch gebrannte Erdnüsse ausgegangen, die er redlich mit den Freunden teilte.

„Hast du denn gar nichts gekauft?", fragte er Camillo. „Nein, ich …" Camillo wusste nicht, was er sagen sollte. Das mit dem Hund ließ sich schwer erklären. Tom und Leo würden sicher denken, dass er den Hund für sich selber wollte. Aber so war das nicht. Höchstens ein bisschen. Er wollte seiner Familie einfach ein ganz besonderes Geschenk machen.

Schließlich sagte er: „Ich wollte einen Hund kaufen. Aber sie verkaufen nirgends welche an Kinder!" Tom und Leo starrten ihn mit offenen Mündern an. Leo war schließlich der erste, der die Fassung wiedergewann. „Du wolltest deiner Familie einen Hund zu Weihnachten schenken?" „Ja", sagte Camillo trotzig, „ich wollte eben etwas Besonderes kaufen!"

Leo schüttelte den Kopf. „Das ist keine so gute Idee. Das wäre viel zu aufregend für so einen Hund, in eine neue Familie zu kommen und dann gleich in eine Weihnachtsfeier zu platzen." Camillo gab es ja nur ungern zu, aber damit konnte Leo Recht haben. Daran hatte er auch selbst schon kurz gedacht, diesen Gedanken aber schnell wieder verdrängt. Aber was sollte er denn nun tun?

Tom hatte die rettende Idee. „Schenk deiner Familie doch einen Gutschein für einen Hund!" „Meinst du?" fragte Camillo zweifelnd.

„Aber ja natürlich!" riefen Tom und Leo gleichzeitig. Langsam begann auch Camillo die Idee gut zu finden. „Ja, das wäre eine Lösung", sagte er zögernd. Tom schlug ihm auf die Schulter: „Es ist die einzige Lösung, Kumpel!"

Nach dem Abendessen schlich Camillo ins Arbeitszimmer seines Vaters und nahm ein Blatt Papier aus dem Drucker, verzog sich damit in sein Zimmer und schloss die Tür hinter sich ab. Dann setzte er sich an seinen Schreibtisch und schrieb in Großbuchstaben „Gutschein für 1 Hund". Darunter zeichnete er einen großen Hund. Zeichnen konnte er recht gut, obwohl der Hund eher aussah wie ein Esel. Aber das war egal, denn es stand ja groß drauf, dass der Gutschein für einen Hund sein sollte. Dann holte er seine Geldbörse und zählte sein Geld. Er hatte genau 58 Euro und 69 Cent. Er hoffte, dass das für einen Hund reichte. Dann klebte er sorgfältig mit Klebestreifen alle Scheine und Münzen auf die Rückseite des Gutscheins. Siedend heiß fiel ihm ein, dass er vergessen hatte, Geschenkpapier zu besorgen. In seiner „Wirrwarr-Ecke" – das war die Ecke in seinem Zimmer, in der er alle Dinge lagerte, von denen er nicht wusste, ob er sie jemals noch brauchen würde, und für die seine Mama und Maike eine weniger freundliche Bezeichnung hatten - fand er schließlich eine alte Schuhschachtel. Er besah sich die Schachtel kritisch. Sie war etwas zu groß für seinen Gutschein, und neu sah sie auch nicht mehr aus. Aber das musste so gehen. Er würde die Schachtel einfach bemalen. Und auf den Deckel würde er schreiben: GESCHENK FÜR MAMA, PAPA, OMA, OPA, MAIKE, PAUL UND JAKOB VON CAMILLO. So müsste es gehen.

Am nächsten Morgen wachte Camillo früh auf. Eine Weile lag er noch still in seinem Bett und lauschte auf die Geräusche im Haus. Seine Mutter rumorte in der Küche herum, irgendwo quengelten die Chaotenbabys. Im Badezimmer hörte er das Rauschen der Dusche. Und aus dem Wohnzimmer vernahm er das unterdrückte Fluchen seines Vaters, der vermutlich gerade dabei war, den Weihnachtsbaum in die dafür vorgesehene Halterung zu zwängen. Er stand auf und sah aus dem Fenster. Draußen war sein Großvater gerade damit beschäftigt, den Schnee aus der Einfahrt wegzuschaufeln. Weiter hinten bei den Obstbäumen sah er seine Großmutter, die Meisenknödel in die Äste hängte. Er seufzte. Hoffentlich mochten sie alle sein Geschenk. So sicher wie gestern war er sich nicht mehr.

Der Tag kroch im Schneckentempo dahin. Sein Vater und der Baum befanden sich im Wohnzimmer, wohin keiner von ihnen mehr gehen durfte. Maike half der Mutter in der Küche, und er selbst las – um sich auch nützlich zu machen, den kleinen Brüdern Weihnachtsgeschichten vor. Sie blieben zwar verhältnismäßig ruhig sitzen und hörten ihm großäugig zu, aber er war sich sicher, dass sie nichts davon begriffen, was er da las. Er zeigte ihnen die Bilder in dem Buch, Bilder von Christbäumen mit brennenden Kerzen und Kindern, die mit roten Wangen ihre Päckchen öffneten. Das gefiel ihnen. Er war jedoch froh, als seine Großmutter kam und ihn beim Geschichtenlesen ablöste.

Endlich wurde es draußen dunkel. Jeder durfte nun seine Geschenke, die er für die anderen hatte, unter den Baum legen. Maike schleppte etliche Päckchen aus ihrem Zimmer, die Eltern und die Großeltern taten sehr geheimnisvoll. Ihre Päckchen waren immer die letzten, die unter dem Baum landeten. Aber Camillo war sich sicher, dass jeder mehrere Päckchen haben würde. So kam er sich doch ein wenig mickrig vor mit seiner Schuhschachtel. Er wartete bis Maike wieder in ihrem Zimmer verschwunden war. Dann schlich er leise ins Wohnzimmer und stellte seine bunt bemalte Schuhschachtel unter den Baum. Nach kurzem Überlegen rückte er sie noch etwas nach hinten, wo sie etwas unauffälliger platziert war.

Dann saß er in seinem Zimmer und lauschte auf die vertrauten Stimmen seines Vaters und seines Großvaters, die sich darum stritten, wer von ihnen beiden die Kerzen anzünden und wer das Glöckchen läuten durfte. Sie ließen es sich nämlich niemals nehmen, ein Glöckchen zu läuten, und sie konnten sich nie darauf einigen, welcher von ihnen im Vorjahr dran gewesen war.

Als sie irgendwann alle vor dem prächtig geschmückten Weihnachtsbaum standen und die Kerzen ihr warmes Licht verbreiteten, erreichte Camillos Angst, dass keiner sein Geschenk wollte, ihren Höhepunkt. Er bekam kaum mit, als sie alle Stille Nacht sangen und sein Vater anschließend eine kurze Weihnachtsgeschichte vorlas, und halb erstarrt ließ er die anschließenden Umarmungen seiner Familie über sich ergehen.

Dann ging es ans Öffnen der Päckchen. Camillo stand immer noch bewegungslos da und wartete, dass irgendjemand sein Päckchen finden würde. Schließlich war Maike es, die es entdeckte. „Seht mal", rief sie, „da ist ein Päckchen für Mama, Papa, Opa, Oma, Paul, Jakob und mich. Das müssen wir alle gemeinsam öffnen.

Camillo schluckte schwer. Nun war es soweit. Nun würden sie ihn vielleicht alle auslachen und ihm sagen, dass ein Hund im Haus gar nicht in Frage käme. Natürlich waren es die Chaotenbrüder, die die Schachtel aufrissen und sich auf den Gutschein stürzten. Erstaunt hielten sie ihn in den Händen. „Kuh!", sagte Paul andächtig, als er die Zeichnung sah. „Pferd!", korrigierte Jakob. Maike riss ihnen den Zettel aus der Hand. „Hund", sagte sie und sah Camillo fragend. Dann drehte sie den Zettel um und als sie das aufgeklebte Geld auf der Rückseite sah, schien sie zu begreifen. Sie begann von einem Ohr zum anderen zu grinsen und reichte den Gutschein dem Vater, der ihn eine Weile schweigend hin und her drehte und genau ansah. Dann hielt er ihn der Mutter und den Großeltern hin, die ihn ebenfalls eingehend betrachteten.

Camillo starrte mit angehaltenem Atem von einem zum anderen und versuchte herauszufinden, was sie dachten. Doch es war ihm nicht möglich. Sie hatten alle ihr „Pokerface" aufgesetzt. Nur seine Oma zwinkerte ihm einmal kurz zu.

Schließlich – nach einer gefühlten Ewigkeit - räusperte sich sein Vater: „Ein Hund also." „Ja", flüsterte Camillo, der mittlerweile ernsthafte Zweifel an seiner Idee hatte. Sonst sagte keiner was.

Die kleinen Brüder schienen durch das plötzliche Schweigen etwas irritiert. Sie standen da, hielten sich an den Händen und sahen von einem zum anderen. Das taten sie immer, wenn sie nicht so recht wussten, was sie sonst tun sollten.

Maike sah gespannt zwischen ihm und den Eltern hin und her. Die Großmutter schnappte dreimal nach Luft, als wollte sie etwas sagen. Nur Großvater murmelte leise vor sich hin:

„Morgenstunde hat Gold im Munde –
der Hund muss pinkeln.
Wer geht eine Runde?"

Manchmal fielen ihm solche schwachsinnigen Gedichte ein.

„Tja…", sagte sein Vater endlich und starrte auf den Gutschein, „Mama, Oma, Opa und ich, wir hatten die gleiche Idee. Wir haben lange darüber nachgedacht, und wir sind uns sicher: vier Kinder sind nicht genug. Wir brauchen auch noch einen Hund."

„Und nach den Feiertagen fahren wir alle miteinander ins Tierheim und suchen einen aus", ergänzte seine Mutter lächelnd.

„Und deinen Gutschein", sagte sein Vater und schwang den geldbeklebten Zettel in der Luft umher, „den werden wir dazu gut gebrauchen können. So ein Hund braucht ja auch ein paar Dinge."

Camillo konnte nicht fassen, was er da hörte. Er stand nur da und brachte kein Wort hervor. Er konnte es einfach nicht glauben. Das Getöse und Jubelgeschrei seiner Geschwister nahm er gar nicht richtig wahr. Ein Hund. In einigen Tagen würden sie einen Hund haben.

Und endlich spürte er Freude, wilde, unbezähmbare Freude, die langsam in ihm hochkroch - von seinen Zehenspitzen nach oben – bis zu seinen Mundwinkeln, die sich von ganz allein Richtung Ohren bewegten. Er konnte sich nicht vorstellen, dass er jemals wieder aufhören würde zu grinsen. Da stand plötzlich Maike neben ihm und rammte ihm ihren Ellbogen in die Rippen. „Die Idee war genial", flüsterte sie ihm zu, „und wenn du willst, lerne ich in den Ferien mit dir Englisch. Ich garantiere dir, dann wirst du noch Klassenbester!" Er brachte vor Überraschung kein Wort heraus, starrte Maike nur an. Sie schien es ernst zu meinen. So rammte er ihr seinerseits den Ellbogen in die Rippen und sagte: „Mama hat Recht. Du magst manchmal eine Ziege sein. Aber blöd kann man eigentlich nicht sagen! Blöd nicht!" Und nach einer kurzen Pause fügte er noch hinzu: „Danke. Das ist echt lieb von dir!" Sie gab ihm einen Schubs. „Quatsch nicht so lang, mach endlich deine Päckchen auf."